imaginist

想象另一种可能

理
想
国

imaginist

速求共眠

——我与生活的一段非虚构

阎连科 著

百花洲文艺出版社
BAIHUAZHOU LITERATURE AND ART PRESS

图书在版编目（CIP）数据

速求共眠：我与生活的一段非虚构 / 阎连科著 . —
南昌：百花洲文艺出版社，2019.3
ISBN 978-7-5500-2990-3

Ⅰ . ①速… Ⅱ . ①阎… Ⅲ . ①长篇小说－中国－当代
Ⅳ . ① I247.5

中国版本图书馆 CIP 数据核字（2018）第 199288 号

速求共眠：我与生活的一段非虚构 SU QIU GONGMIAN：WO YU SHENGHUO DE YIDUAN FEIXUGOU
阎连科 著

出 版 人 姚雪雪
特约监制 高瑞贤
特约策划 高瑞贤
责任编辑 游灵通　程　玥
特约编辑 李恒嘉
封面设计 荆棘设计
出版发行 百花洲文艺出版社
社　　址 南昌市红谷滩新区世贸路 898 号博能中心 Ⅰ 期 A 座 20 楼　邮编 330038
经　　销 全国新华书店
印　　刷 肥城新华印刷有限公司
开　　本 880mm × 1230mm　1/32
印　　张 8.625
字　　数 202 千字
版　　次 2019 年 3 月第 1 版
印　　次 2019 年 3 月第 1 次印刷
书　　号 ISBN 978-7-5500-2990-3
定　　价 42.00 元

赣版权登字 05-2018-352

发行电话 0791-86895108　　　网址 http://www.bhzwy.com

目录

chapter 1 闪念

1

一面说着淡泊名利，一面渴求某一天名利双收——我在这高尚和虚伪的夹道上，有时健步如飞，有时跌跌撞撞，头破血流，犹如一条土狗，想要混进贵妇人的怀抱，努力与侥幸成为我向前的双翼。所不同的是，当土狗在遭到贵妇人的一脚猛踹时，会知趣地哀叫着回身走开，躲至空寂无人的路边，惘然地望着天空，思索着它应有的命运，而最终夹着尾巴孤独地走向荒哀流浪的田野。而我，会在思索之后，舔好自己的伤口，重新收拾起侥幸的行囊，再一次踏上奋不顾身的名利之途，等待着从来没有断念的闪念与想愿。

终于，我又一次想到了李撞。

我家乡的这个人物，已经多次以原型的身份出现在我的写作中。

在我一生最重要的作品里，都有着他的生活之原型。我还曾以小说的笔法，纪实的方式，写过一部小说叫《速求共眠》，可惜那时我以虚构的名义发表了。如果那时我读过《冷血》那本书，我一定会以非虚构的方式使它走进读者的视野里。那样儿，也许我会果真一夜成名，暴得名利，说不定早就是名满天下的一个非虚构的大师了，何至于直到今天，我还在文坛为微名小利而蝇营狗苟、偷偷窃窃，活得像牢笼中要光无光、要灭不灭的豆油灯。

要知道，一个时代有一个时代的故事和文学。文学只能在时代的预热中率先点燃才能名众而经典。所以，好的作家都是时代未来的巫师或者算命师。可惜这个道理被我参悟到时我已年过半百了，除了名利，我已经看透艺术那玩意儿：世界上所有的艺术，都是名利的西装或者中山装。只要名利大到足够的砝码，随手放在地上的一辆破旧的自行车，也会被世人以为是行为艺术的飞轮和先驱。还有达利的画，恐龙灵异类的破电影。一切的艺术都在反复证明着一条规律：艺术的乡愁是名利；而名利的故乡是艺术。如此，一个作家或导演，是从艺术走向名利，还是从名利走向艺术，这又有什么差别呢？基于这样果敢而明了的想法，在我五十岁生日的前一夜，失眠给我送来了神赐的灵感之大礼。那是 6 月 13 日的深夜，窗外的北京，被夜色的灯光浴洗得如 KTV 的包间，朦胧的欢乐，掩盖着一个城市的忧伤。而我，躺在床上辗转反侧，重温着烦恼、伤痛的哀歌，伸手去床头寻摸失眠灵的药瓶时，摸到了在那儿沉默了一夜的手机。

黑夜让我想到了手机上的手电筒。

手电筒让我想到了摄像机。

摄像机让我想到了电影。

电影让我想到了李撞和我的非虚构。

猛然地从床上坐起，犹如地震把我从梦中摇醒了一样：灵感袭来了！这不期而至或说如期而至的灵感，仿佛情人因为过度爱我而掴在我脸上的耳光，那种热辣辣的快感，将会使从未体会过虚荣的人，终生无法理喻和明白。心跳如鼓，手汗如注。老实说，三十年的勤奋写作，把我从一个乡下孩子转变为一个所谓的作家，洋洋洒洒，泥沙俱下，毁誉参半的所有作品，都在那一刻变得轻如鸿毛，微不足道，仿佛于连从巴黎远郊的乡野，千辛万苦，受尽屈辱，而当那一夜他终于爬上贵妇人的窗口，看到了室内的奢华和贵妇人雍丽的肉体时，便觉得此前人生中的一切欢乐与苦痛，都已失去了应有的价值和意义。

我从床上走了下来。

妻子说："你怎么了？"

我回答："你睡吧。"

然后，朝着窗口走去的我，如同忧虑天下而从中南海里走出来，在长安街上深夜散步的一个伟人样，看着西三环去南驶北的夜车，和直伸在半空的 CCTV 通红明亮的电视塔，我莫名地把手在窗前的空中挥了一下，一如一个皇帝把手从一张地图上抚过而感到江山的实在般。我决定：我要用自己所谓的名声，再次以李撞这个人物为原型，自编、自导、自演一部电影。集编剧、导演、主演于一身，让自己从贫穷而又自诩清高的文学队伍中，一跃跨界为电影艺术的大师，让那些苦苦在电影圈里为名声、票房、片酬和国内、国际的奖项而每日奋斗的导演和演员，完全折服于这部电影。——诚实地说，在那挥手之后的一念间，我想到了影视圈——那飘飞在垃圾场上的花园里最为芬芳的一句话："铜臭花开，暗香扑鼻。"想到了那部我未来的电影，在影院先冷后热、前寂后炸，从微温到迅速火爆短暂的旅程和口碑的爆棚。想到了国际电影节上的金熊奖、金狮奖、金棕榈奖和直到今天中国电影还为之一路狂奔而空白浩荡的奥斯卡最佳外语片奖的小金人（倘若不是李安和他的《卧虎藏龙》，中国电影就委实如妓女啐在想要强奸她的嫖客脸上的道德之痰了）。如此沿着思维的跑道，那些倒在跑道上的多米诺骨牌，又反其道而回转地纷纷站直了身子。我想到了张艺谋、陈凯歌、顾长卫、姜文、冯小刚、贾樟柯等，所谓中国电影的导演大咖们，在我的那部电影挤入院线公映的几天后，或者半月后，他们伴随着如潮的好评和如股市暴涨般的票房，一个个是怎样地带着妻子或者某位女明星，悄无声息地走进影院内，混进观众的人群，一边看着电影，一边不断地拍着自己的大腿，情不自禁地用脚去踢着前座的后背，而嘴里却是不停地骂着："妈的！妈的！"如同马尔克斯在大学的宿舍里，看完卡夫卡的《变形记》，气得把书摔在地上后，还又拾起来扔在蜡烛上，盯着书页燃烧的火光，一连说了三句"他妈的"！还有远在北美的斯皮尔伯格，法国的吕克·贝松，英国的丹尼·博伊尔，意大利的鲁奇诺·维斯康蒂（他还活着吗？）还有那个伊朗的阿巴斯（也死了？）……这一瞬间，涌进我脑里的伟大导演和伟大的电影，挤得如败退城池的兵丁和佣工，连城门都不可阻挡那从城池泻流出来的溃散和落马……

还有另外的期冀、希望和可能吗？

当然有！

不仅有，而且还多而美到面向大海，春暖花开——一世界的绝望，都如那时耶稣被钉上了十字架而看到了人类未来全部的希望和光明。实在不敢多说，不敢多言。倘若我今天能够破釜沉舟、披肝沥胆地把我那一念间的真实，全都斗胆写下来，我想每一个读者，不骂我是神经病，那就一定是他们有了神经的麻木和面瘫（请读者原谅我，这儿我大约省去了我内心耻辱、恶念、卑劣并应该摊牌直写的五百字。这省去的五百字，正是我虚伪的写照和佐证）。有时候，在中国的文化情势下，坦诚会毁掉一切；保留与虚伪，才是成就事业的根基。这一点我深深地明白，在我们的现实中，谎言的价值，远远大过真实的意义。深味了名利的我，就像一个卖塑料盆景而给自己卖出一个真正花园的人，看透了电影这门所谓的艺术，是最能把金钱、名声和精神、灵魂混为一谈而纠缠不清的一个魔艺桶。在我看到的现实中，世界上唯有电影才可以把灵魂的斤两，以正比的方式，摆上巨型天秤的两端。而别的艺术，则完全失去或正在失去这种正比的依据。当绘画进入了灵魂，而不着边际的抽象，则成了灵魂存在的物证。而三岁幼童的彩墨，则似乎是抽象的原祖。所以，毕加索一生的努力，就是要让自己生理的年龄越大，而抽象的年龄愈小——所有抽象的艺术，我以为都是一场板着面孔的玩笑。而文学——以我的经验论，你若写出了人的灵魂，就一定要放弃对读者的苛求。想要获求读者和钱包的喜悦，那就一定要在小说中把灵魂当作大锅炖菜中的猪肝和猪心。世界就是这样儿。文学也是这样儿。我正是因为参悟到了这一点，才开始明白电影这门所谓的艺术，其实正是一门要把红烧肉烧成晚霞的老行当；是今天唯一可以把灵魂以斤两变卖的典当行。我就是要做这样一个典当师和艺术商，集编剧、导演、主演于一身，要拍出一部惊天动地的电影来，既在国际上获奖频频，又在票房上财源滚滚，让中国乃至全球的观众、导演和演员，都不知是世界电影又发生了一场新革命，还仅仅是一个叫阎连科（何等无耻！）的人，在他五十岁的生日到来时，上天为了给他游戏和庆生，终于赐他灵感和机遇，让他在世界电影场上闹腾一下子，得名赢利后，又重新回到他的书房去写他的新小说。

未来是不可知的。只有现在，才是未来的实在。想到并认定了这一点，我从窗口退回来。这时正是凌晨两点钟，大脑中高度的清晰和兴奋，让踌躇在我脑里的穷白和寡空，荡然而无存。害怕这种兴奋会使我成为体温超过四十度的人体发烧样，让我在来日进入一个混沌模糊的旋转里，我到洗澡间天长地久地冲了一个冷水澡，然后就穿好衣服等待天亮了。

2

煮奶。面包。榨菜和咖啡。最后给自己泡上一杯绿茶，可以看到早上七点西三环汽车的拥堵，如同膨胀的蚁伍拥挤在雨前的楼道。晨时的凉爽，让我重新思虑了我那热辣辣的灵感。为了证明那部电影的可行性，我在窗口静静地从七点呆坐到八点钟，又从八点呆坐到八点十几分，直至八点三十分，当看到我的双手上，还依然捏着激动、亢奋的汗液后，我相信了自编、自导、自演一部电影名利双收的可能性。

八点三十一分，我以最低调的姿态，做了高温中含有阴冷的三桩事：

1. 给顾长卫工作室的编剧、策划杨薇薇发了一个短信，询问了顾近时的工作状况。

2. 待杨回我短信说，顾导正在为寻找新的剧本抓耳挠腮时，我给顾长卫发了一个长微信：

尊敬的顾导：还好吗？昨夜彻夜失眠，终于等到了灵感降临，想到一个奇好的电影故事。我想，这个故事也许票房不一定好过《泰坦尼克号》和《阿凡达》，但其艺术之可能，堪与你我都喜欢的阿巴斯的《樱桃的滋味》相类比。望能一见相聊。

顾很快回了我微信："真的吗？！"

我回他："中午十二点，老地方见！"

3. 这是让许多人更感意外，而我却觉得选择恰好、顺理成章的一桩事——我用微信和蒋方舟有了如下的对话和讨论：

我："方舟，想挣一笔大钱吗？"

她："多大？十万，二十……一百万？"

我："一千万。"

她："阎老师，你没有发烧吧？"

我："是真的。你想没想过我们一道拍一部电影，由你出任女主角，我做编剧或别的什么……而我们谁都不要片酬，作为投资计入电影成本，最后从票房分成呢？"

她："……"

我："知道吗，今日中国电影票房正呈井喷之势。有人预计今年电影票房是二百亿，而明年全国票房最低二百六十亿，后年为三百亿。

请你算一下，如果今年拍摄，明年上映，凭你我之努力，顾长卫之号召力，我们在中国电影票房中的二百六十亿中取百分之一就是二亿六千万，百分之二就是五亿二千万，百分之三就是七个亿……如此以保守为计，你觉得我们做一部电影没有三个亿的票房可能吗？而我们的这部电影投资小，场景集中，故事好看，人物丰满，在中国上映之前先到国外各大电影节上参展和参评，倘若（是肯定）撞了一个国际奖，那会是一种什么结果呢？仅仅是每人分上一千万、两千万的意义吗？”

她："……"

我："别忘了巴尔扎克和陀思妥耶夫斯基一生都为稿费写作的事；别忘了托尔斯泰因为是贵族，吃穿不愁才写出了伟大作品的事。"

她："……"

我："……"

最后我们不再争论什么了，她默认这桩事并被我说服了。也许她只是抱着看看玩玩的心态吧。总之，一个人过分早熟并被称为天才时，必然有其单纯甚至傻痴的地方伴随着他（她），一如一个真正的傻子所隐藏的智商永远不会被人发现那样。蒋方舟就是这样一个人，她落在纸上的才华在让人称道时，她为人中的单纯正是可以让人利用的。爱文学，我就把巴尔扎克和陀思妥耶夫斯基在黑夜中寻找金币而在黎明中撞见了伟大文学的道路铺在你面前；爱生活，那就理应出来尝试做一次电影的女主角，品尝一次生活另外的味道而去丰富生活本身之单调。没有人知道，我在军队服役时，曾经当过全军的优秀指导员。所谓的思想政治工作，正是要把你东去的思维拉到西行的轨道上。更何况，在一个消费的时代，名利这东西，一个是买家，一个是卖家，而所有拥有名利心的人，不是被名买过来，便是被利卖出去，又有谁不在名利中间被人操弄呢？所谓的利益与输赢，其实就是看谁是名利的操盘手；所谓的贞洁与高尚，就是看你在贩卖名利时，用了什么样的辞藻和借口。

我明白，在我的这部即将拍摄的电影中，我是那个最大最大的操盘手，是所有物事的总导演。其他任何人，顾长卫（这个“第五代导演的艺术守墓人”）、蒋方舟（这个被才华遮蔽着单纯的刚刚离校的大学生）、杨薇薇（这个总是被自己的性情所左右的优秀编剧和策划人）、郭芳芳（这个胸怀电影抱负而被命运推向异处的好导演），还有又一次仅仅因为是我的同乡，他们就必然要从生活现实走向电影艺术的真人李撞、苗娟和他们的儿子李社、麦子及北京大学的李静等，所有的所有，一切的一切，他们都将成为我的一次操弄和消费，都将被我从名卖到利，又从利赎回卖给名。而最终，用他们的一切成就了的我，将会突然因为电影《速求共眠》而成为著名的电影导演艺术家。

难道不会吗？

那就走着瞧。

上午十点钟，一切都沿着我预谋中的轨道开始和行进。偌大的北京城，天还是那个天，地也还是那片地，楼宇、街道和树木，也还是昨日的楼宇、街道和树木。而那个叫阎连科的人，已经不再是那个工作在人民大学的小说家。他是导演、疯子、商人、巫师和谎言制造者，是艺术的仇敌和名利设计师，是这个社会的毒瘤和灵魂假药的制造商，还有所谓的教授、农民、理想主义者和野心家、最诚实的奸诈者和所谓社会良知的代言人……一切的一切都是我。所有的所有又都不是我（疯子还是神经病？是一次浪漫还是一个无赖的精神之行旅？）。从家里走出来，我很礼貌地朝小区的保安点了头，还顺手将物业清洁工那巨人的黑垃圾袋扛在肩上捎到了垃圾桶。然后我就在西三环的路边站了站，感受了一下真实的世界后，让自己朝着真实走过去。

把陷阱的填坑者们都约在西三环紫竹桥西北角的香格里拉大酒店。从我家走到香格里拉只需几分钟。先走几十步的辅路人行道，再在半空折弯两次过街天桥就到了。在过街天桥上，我看见了贴小广告的年轻人和在桥上卖太阳镜、手机膜的中年汉。还有一个突然出现在那儿摆卦摊的算命人。算命人大约六十岁，秃顶发稀，借着一团树荫蹲在桥角上，面前铺着生白布，白布上放了一本《周易》书。看见我他很惊异地站起来，说了一句把他自己的脸色惊成苍白色的话：

“先生，你今天出门会有大灾啊！”

我在他面前站下来：“没事。我就是专门把灾难带给人的人。”

他愕然：“我说的是真话。”

“我不光说真话，”我朝他冷笑笑，“我还要真的那样做。”

然后，我就从他面前过去了，朝着香格里拉那边走去了。长话短说（这是一切写作的基本要领），我们是在香格里拉大堂靠北的咖啡厅里见的面，顾长卫、蒋方舟、杨薇薇、郭芳芳（刚好一桌饭），大家握手、寒暄、问候，热情和客气，如四月的春风。在咖啡厅最北的玻璃墙下面，顾长卫和杨薇薇坐在茶几西边的沙发上，郭芳芳和蒋方舟（她现在的身份是剧本策划人，还非女主角），坐在他们对面向东的沙发上，而我如主席、总统样，坐在长茶几的最顶端，面对着玻璃外的果树和草坪，看见有两只乌鸦和一群麻雀在外面的花树上，叽叽喳喳、啾啾鸣叫，可它们到底说了一些什么话，却没有一句穿过玻璃透进来。于是，大家陷入了热情后的沉默里，如冰淇淋被悄无声息的油锅炸了般。

好在这时咖啡送来了。沉默是被服务员的高跟鞋给踢破的。

顾端了一杯咖啡看看大家看看我："阎老师，你说说？"

说什么？有什么好说的呢？经过一夜失眠，一夜的深思熟虑和准备，我已经把该要做的事情提前都做了。如同把陷阱挖好后，将作案工具扔了样，我朝大家看了看，从我的黄色军用挎包里取出一个牛皮纸的信封袋，从信封袋里取出四份打印好的纪实小说来，一一地分给他们四个人。

"看看这部小说吧——《速求共眠》，这是我们这部电影创作远行的始发站。"

大家笑一笑，接过小说，放下端在手里的咖啡杯。"有小说？那你该从邮箱发给大家呀。"忘了是谁带着埋怨说了这句话。但这句话将我的第二步计划自然而然地导引出来了。

"我希望大家现在看，看完就讨论。"我扫视着众人说，"我可以出钱在这儿开两个房间，请大家到屋里看小说——静心地阅读，是真正的心灵呼吸——我希望大家看我的小说不是走马观花，像去野地里拔草样。现在看，就现在！看完小说后，中午在这儿吃饭我请客。"

大家把目光都落到了顾长卫的脸上去。

"怎么能让你请客！我们有剧组。"说完这句话，顾导看了看他手机上的时间后，竟果真如我想的一样，在这五星级的酒店开了两个房间，并在日本餐厅订了一个包间，让大家都分头到宾馆房间和餐馆包间去看纪实小说《速求共眠》了（太好了！——在这儿，我顺便说一句，我不是一个十分大方的人。之所以会说我出钱开房和请客，是我算定只要我说出来，顾长卫就会让大家留下看小说，会花钱请客并开出两个房间来。以我对他的熟悉和了解，他不这样他会内疚到仿佛自己强奸了别人样）。

事情就这样开始了。一场庄严的关于电影创作的行为艺术，就这样如一部通俗小说般，以死亡和凶杀为开端，把读者强行拉入了情节里。而他们几个人，也就这样被我推上了没有开关的电影创作的高速跑步机。

chapter 2 速求共眠（一）

阅读如同心灵之呼吸，这是卡夫卡书信集里的一句话。但能提供这种阅读并承担起责任的又是哪些书籍呢？是哪些小说呢？今天我坐下回忆并书写这本《速求共眠——我与生活的一段非虚构》的小说时，我知道我的写作是承担不起这个责任的。但那时，我一夜未眠，又处在被金钱与艺术弄得亢奋起来的状态里，不假思索就说出了那句话。不说出那句话，我不相信他们会把《速求共眠》那部小说放在心坎上。至于他们读后的反应与心理，喜欢、失望或绝望，我是把握八九、胸有成竹的。甚至他们每个人阅读时是喝水还是喝咖啡，是坐在窗口读，还是倒在五星级宾馆的床上懒洋洋地读，我都猜得出来，并在眼前有他们阅读的画面感。所以说，我并不在意他们读完小说的感受和反应，而更在意他们的行为是否脱离了我预设（预谋）的轨道和步骤。这一如一个要拦路抢劫的人，并不十分在意路人身上有多少钱，而更在意路人是否会依时走入他的陷阱和包围圈。但对于你们——我尊敬的读者们，你们花钱买书，捧读《速求共眠——我与生活的一段非虚构》的人，我应该非常直接、恳切地告诉您，请您务必耐心地读完《速求共眠》这小说——并不长，不到三万字，无非一部小小的中篇而已。我恳求你们耐心地读完它，并不是因为这部小说有多好，而是它关系着我要拍的那部故事片，关系着那部电影中我将出演的男一号和男一号的家庭及他们全家人的命运、故事及人物性格的生成，关系着那部电影中所有人物的性格、文化和价值观与世界观。

当然，也关系着我是否能凭借三寸不烂之舌，把视艺术为亲情的顾长卫像存折一样捏在我手；关系着我凭借真诚的欺骗，把蒋方舟说动了心，要她演（消费她）的那个女一号的生成、发展和终尾。除此之外，更重要的——我的读者们，今天捧读这本《速求共眠——我与生活的一段非虚构》的尊贵的每一位，你们也可以从这部小说中读出来，一个作家是如何把生活中的真实人物、真实事件转化为一篇貌似虚构或半虚构的小说来。这部小说将证明一则关于小说写作的常识或者潜规则：生活果然是文学唯一的根基和土壤。读完这部中篇后，你们将会明白我用九牛二虎之力，才抓到的这句关于写作的常识的意义和无意义。

那么，就请你们开始阅读吧。一定要耐心地读完它，像品味橄榄果样品味它。只有那样，阅读才可以和喝咖啡的意义联系在一起。

速求共眠（纪实小说）

1

发生了一件事情。

李家的老二，叫李撞，强奸了苗家的老四，叫苗娟。最先看见的，是洪家的老大。老大是傻子，人都叫他洪傻子。

洪家老大真的是傻子。他看见了事情边跑边唤话着，像自言自语样。这是四月三日，日光慵懒，人们多在家中闲待着，少数在门口说闲话。街口站了一拨儿，谈物论价，这样过下去，提一兜儿钱，换回一捆菜，真是要了命了呢。这时候洪家老大跑来了，在人群边上人未停下话就出口了。

他说，李家老二是个流氓。

村人们说，一毛钱才买一盒火柴哩。

他说，老二把人家衣服脱得精光精光的。

村人们说，种菜吧，菜价今年准会贵。

他说，被强奸的是苗家的老四呀。

村人们说，都回吧，歇个小午觉，春一来就让人瞌睡了。

就都走了呢。脚步声零零碎碎，拖拖拉拉。随后的关门声，碾在村街上，沉沉稳稳，如雨前的黑云从村庄轧过去。街上的狗，从胡同中走出来，立在那儿看着洪家老大不说话。

老大唤，李家老二真的是个流氓呀。

狗把眼珠转了转。

老大唤，他强奸的是苗家老四啊。

那狗吐了一下舌头就走了。

老大像说又像唤，就在村东槐树林子里。

狗朝村东的槐树林里跑过去，身后腾起点滴淡尘儿，如要熄的烟样飘散着。洪家老大看着狗的影儿消失后，脸上有了不解之平静，放慢脚步往家走去了。胡同里，泥墙剥落着，新的瓦房有砖窑上的焦燎味。猪屎鸡屎一地。一条狭长的胡同里，无一人，无一鸟，老大前后看了看，忽然听见从哪传来一声尖厉的哭，半紫半白，从他身后斜着穿过来。随后间，静得能听见他自己的呼吸声，如日常邻家的风箱样。还看见，狗在街外一棵树下立下来，高抬头，望四方，惘然如一只苍蝇飞在荒野间。这时候，傻子老大看见有两个媳妇从另外一条街上走出来，挎了竹篮，盛了衣服，拿了棒槌，到村后耙耧山下的沟里洗衣裳，于是他急步追上，把胳膊横架起来，拦着说李家老二强奸了苗家的老四呢。

媳妇说，洪家也不把孩娃领到医院去看病。

老大说，衣服脱得精精光，就在前边槐林里。

媳妇说，治好了也能讨个家业，生房儿女呀。

老大说，你们过去看看吧，真的就在槐林里，我听到了苗家老四的哭声了。媳妇们不再说话儿，从他架起的胳膊边，挤着擦着走去了。那胡同墙上被她们竹篮挂掉的泥皮片，疤痂一样落下来。转身瞅瞅洗衣去的俩女人，洪家老大往家里跑去了，脚步声轰轰炸炸，在村街上很有响动呢。他家住街南，拐了两个弯，到家一肩撞开大门后，看见爹正在院内喂着牛。牛草和牛粪的气味弥漫一院子。爹见他一身风火，转了身子望着他。

他说，李家老二是个流氓。

爹拿眼瞪了他。

他说，他把苗家老四的衣服脱光了。

爹回身拿着料棍搅拌去。

他又说，我听见了苗家老四在哭哪。

爹拌料的棍子不动了。

于是他又声音大起来，说李撞正在强奸苗家的老四哪。

爹转身，一棍子打在他头上，说回屋歇着去，大晌午你不睡觉有啥儿野。傻老大怔怔地望着爹，拿手捂了额门后，觉得手里有热黏，说爹呀你打我，李家老二真的强奸了苗家的老四哩。傻老大本还想接着说些啥儿话，如他在槐林边上看到的李家老二脱人家衣服那情景，可爹又一脚踢到了他的肚子上，一个趔趄后，他差一点倒下来。这当儿，牛叫了，哞一声，又粗又重，长长拉开如一条混浊的水流般。

爹又去给牛拌料了。

老大委屈无趣地在院里站一站，又从家里出来了。镇村街里的静，和没有镇村样。日光红白，暖得人身上发了痒。猪粪鸡粪，旧的干了，新的在路上被日光晒着起了烟。一烟淡淡，摇摆着往上升。老大去街墙上抠了半把土，把额门上的流血止了止，拍拍落在衣上的灰，又朝村东槐树林走去了。

树林并不大，在村后梁腰间。可林里有几池汪水泉，养茂了周围的槐树和杂草，一蓬一蓬，密密地连着。四月时候，叶早已齐全，林地里终日一片阴潮味。草们旺盛，绿了一地。洪家老大在这闲逛着，便看见李家老二把苗家老四的衣服给脱了。苗家的是提了一个菜篮子，这是个挖野菜的好季节。李家的脱人家衣服时，菜篮就在地上丢置着。有个麻绳圈儿系在篮子上。有一把青菜盖了篮底儿。他立在槐林高处里，听不见李家老二说了啥，只看到苗家的脸色惊白，木然不动，任由人家把她衣服给脱了。后来呢，后来洪家的老大就往村中跑去了。报告了。又独自往林地走回了。

他在路上折了一棵小树儿，是槐木，去枝断梢，三尺有长，持着急急朝那槐林里走。他想从李家的身后走过去，一棍子打在李撞的头上，像爹打他样。可是呢，他从槐林一侧绕到那，却没了李家的老二和苗家的老四了。被压倒的草上有血迹。血在草上黑腥着。血气草气腥了一林地。

2

苗家的老四十四岁，个儿高，读完小。她哭着回家说了林地的景况后，脱了裤子给娘看。爹正要下地去，听了把家什扔地上，又把一个喝水的碗摔了，坐在屋门槛儿上抽闷烟。娘在堂屋哭着“畜生、畜生”地喊，喊着骂着烧了水，又去村头小店打了酒，回家闩了大门用热水和酒去擦女儿的下身子，疼得女儿尖叫着，娘说千万不能喊，千万不能喊。女儿听话流着泪，哆嗦着身子由娘里外擦。消了毒，又用温开水蘸着洗了洗，让女儿躺在床上去睡了，出来缩在男人面前说——

咋办呢？

男人不语抽着烟，烟雾腾腾着。

女娃儿一辈子的事情哩。

男人灭了烟，起身往哪走，又回身说女人，嘴严些，万不要说给邻人们。

苗家爹也就出门了。走出院落他又把大门给掩着，在街上咚咚咚地走。有人问他啥，并不多答还是咚咚咚地走。问的人便就怀疑着，在他身后待着看着不动儿。他到了李家去。李家住西街正中间，种地兼有生意做，在镇上大街开铺子，间半房屋，一间为门面，半间为仓库，卖的农具有杈、镰、锨、耙、绳和门环儿、箱扣儿、锤和斧头儿。五日一集市。集市时李家爹李林去镇上主街营生着，不集了就关门种地过日子。李家的日子过不过那些私做药材生意的暴户们，可在村街上，也殷实得十分可观呢。去年盖了新上房，浑砖到顶，不见半点儿土，连地上都铺了水泥哩。水泥中掺玻璃，屋中央铺出一朵铮亮的莲花来。今年间，李林计划再盖厢房屋，依然是浑砖到顶，不见半点儿土。这当儿，他正在院里整地基，挖出土槽来，好像立马要动工。苗家爹推门进来了，又转身关了门，见李林正在挖地基，便竖在院中央，脸上青出一层紫色来。

你家老二呢？

李林停了活儿说，不在呀，找他有啥事？

你是他爹，你去我家看一看！

李林扔下铁锨问，出事了？

你去看看你养的畜生把我闺女弄成了啥样儿。

李林懵懵地望着苗家的爹。

是老四，今年还不足十四岁。

李林灵醒过来后，脸上掠过一层白，说苗家兄，我两家无冤无仇，我教育的孩娃我知道，他好歹也是读了初中的，不会轻易干了那事吧？你这样说是抓住了还是看见了？李林这样说着问着时，额门上有了虚汗的，望着苗家爹，去把一个凳子礼礼仪仪放到了苗家爹的屁股下。苗爹并不坐，他脖子上的青筋又高了些许着，说我不用抓，也不用看，你把你儿子找回来问一问。

李林让媳妇出门去找儿子了。

两个男人就在院里默站着，僵了一会儿，李林给苗家爹敬递一支烟。苗爹没接烟，自己装了旱烟抽起来，乜斜着李林，看见他缩回递烟的手时有些抖，自己脖子上的青筋便平平地隐了一半鲜颜色，心里些微有了轻快感。他努力着去想李林这辈子哪儿有对不起他苗家的事，却是苦苦没有想出来。种地地块没有靠在一块儿，住房又是街的这头和那端。没有地界之争，没有房宅之吵。李林又没当过村长和队长，也没有分配上的不公允。但李林在镇上开铺子，他去买过一张锄，用了一天后，发现那锄上有裂缝，又去换时李林不想换，说挨了土这锄没人再买了，再说裂缝不在锄刃上，用三年五年断不了。可是呢，说到最后人家李林还是给他换了锄。苗家爹努力去想自己有哪些恩于李家的事，搜肠刮肚，把烟吸得粗重深长，却也仅仅想起去年收麦下雨时，李林拉一车麦在梁上爬着坡，他从坡下把他的麦车推到梁顶上。实在说，真的是两户人家，不见瓜葛，无仇无冤，无恩无怨。这使苗家爹有几分泄气了。想倘若他李林对苗家有着仇，自己对他李家有着恩，那这时，倒可以借女儿被奸的事情一抖而落的。可是呢，一丁点儿恩怨都没有。他不能因此借着啥，把李家儿子强奸他女儿的事情弄得再大些，不能因此使李林对过去的事情后悔莫及呢。他后悔，他们中间为啥没早些结下一些恩或怨的事，也就只能在自己脸上悔着恨着把目光扭到一边去。

去找儿子的李林媳妇没有回。

院子里深深远远地静；天长地久地静。麻雀把新挖地基的红土蹬落在了基槽里，啁啾的叫声叮当一片儿。

苗家爹磕了灰烟突然说，我不信你儿子去哪你能不知道。

李林微抬一下头，我又不能把他拴在裤腰上。

苗家爹白了一下眼，我闺女十四岁，村里没有她认不出的人。

李林把烟拧灭在鞋底上，我养的儿子他啥儿德行我知道。

苗家爹半转过身子去，给你说李林，政府一查就人证物证了。

李林站起身，你不用去政府告，是我儿子我让他吊死在房梁上。

迟疑一会儿，苗家爹愤愤然走了出去了。出门时，他把李家的大门甩一下，要关的一扇门板关了重又弹回来。李林没有去送客，竖在院中央，脸上的灰色硬着硬着成了青颜色。

苗家爹从李家出来后，在村街上站了片刻儿，见有人赶着牛、扛了犁，正往村外走。那人姓洪叫洪文鑫。洪文鑫答应犁过地把牛借他用几天，将他后梁上的荒地翻一遍，说好了用牛一整天，给十块料钱和牛的辛苦费。他觉得这钱有些贵，外村都是要八块，而洪家却是要十块。他想追上洪文鑫再商量商量也给八块钱，可走了几步后，想到床上的女儿便又犹豫下来了。

3

苗家在皋田镇的西街这儿不算大户人，不如李姓广。但是算一算，看一看，苗家的四个闺女，清一色的长辫儿，表面上有些势单力薄，但自大闺女出嫁到镇上主街后，情况就有改观了。苗家女婿的亲戚是镇上主街派出所的工作人员呢，职务虽不高，干的是接了领导通知后，把该怀疑的人暂时看管起来的那活儿。这活儿，因为和法律有些干系，人们便总觉得十分要害了。因此呢，苗家也算有些势力了。因此呢，有人就愿意和苗家串成亲戚了。偶尔间，会有人从门前走过去，故意拐到苗家借水喝。

村里人都知道，苗家有亲戚的亲戚在派出所里干工作。苗家人，也爱给人说亲戚在派出所专干抓人那差事。加上老二、老三双双读高中，学习成绩好，住校在城里，虽然家里的日子目前还贫薄，但村里有眼光的人，都已看出了苗家日子的前景了。正是这一些，苗家爹离开李家时，才有气力把李家的大门重重给甩了，使门板关上重又弹回去。

回到家里时，阳日西去，院内染了红黄色。苗家爹坐在院子中央继续抽闷烟。媳妇过来问情况，他却问四闺女到底咋样儿。媳妇说，疼是不疼了，可我们不能就这样咽下这口气。

苗爹咬咬牙，说妈的，不行了就告他李家去。

媳妇道，去给大闺女女婿说一说？

就到屋里床前问确凿，女儿说是李家老二没有错，苗家爹就让媳妇收拾起十几个鸡蛋，用一个兜儿装了再走。

媳妇犹豫着，空手吧，这鸡蛋我还想卖呢。

苗爹说，你懂啥。

媳妇说，下个月老二、老三又要回来要学费。

苗爹说，下一集再砍一棵树去卖。

他便提了鸡蛋朝向主街走。西街离主街相当近，也就数百米。可他不想见人就绕到村外走。在村外他看见洪文鑫在梁下正犁地，他的傻儿跟在犁后边，一弯一步，一步一弯，像是在犁后点化肥。于是苗爹就快走几步朝洪家地里拐过去。

洪文鑫收犁站下来，朝田头张望着。洪家的傻大一见苗家爹，丢下手里的肥料袋，大步就朝田头迎过去。洪文鑫忽然就慌了，追上一步呵斥儿子道，回去歇着，不要胡说！然后自己迎过去，没让苗家爹走进自家田里边。没让他近了自家傻娃儿。

——有事啊？

——去大街大女儿家里看一看。

——没啥事儿吧?

——我给你说说借牛那日子。

两个人远远离着洪家的老大说了借牛那日子，又说了外村的价格等。

苗爹说：外村一天料钱都是八块钱。

洪文鑫：那就一天八块吧。

苗爹说：你放心，我会喂好牛。

洪文鑫：畜生嘛，吃饱就行了。

苗家爹这就又走了，踩着别家小麦苗的间行里，把脚落在麦垄中。走几步，他听见洪文鑫又追了一句话，说四闺女娟子在家里，你有事让她跑跑嘛。

怔一下，苗家爹回过身子来——她写不完老师留的作业呢。

洪文鑫就又忽然说，别一天八块了，一天六块也行啊。还要说些啥，看见那傻儿又朝这儿来，便又慌忙转身去拦儿子了。

没想到洪家把一天用牛的料钱又从八块降到六块钱，这使苗家爹再走时，一路上都想洪文鑫的好，到底是教过书的人，知书达理，不贪不妄。这么想了一路，把洪文鑫和李林放到一块去比较，虽找不到李林哪儿不甚好，却又感受不到李林哪儿可比洪文鑫的好。想自家老大、老二和老三，都曾是洪文鑫的学生呢，民办教师他干了半辈子，每月几十块钱难养家，老大又忽然有了痴傻症，日子渐见低落，可还主动提出用一天牛只要六块钱，这让苗家爹有些过意不去了，觉得不能用人家牛真的一天只给六块钱，至少应该给七块。这样想着也就决定了，决定还是每天要给七块钱。如此也就到了主街上。今日主街是背集，街面上行人寥少，一般铺子都关了门，只还有卖衣服、鞋子、皮带、袜子和烟酒、瓜子的小贩们，都还把货摆在推车上。他就看着那些推车往前走，就看见李林家的农杂铺子了。

苗家爹在那门口站下来，看那铺门仍关着，门框上的招牌换成了一块新招牌，红底白字，不知什么材料做成的，在落日中灿灿烂烂，有光有色。明明知道这是李林家的农具铺，可看见路过的一个人，他还是要指着那招牌问人家，说这是李家铺子吧？

路人看了那招牌，说是李林家的新世纪农杂店。

苗家爹不懂“新世纪”三个字，猜想那就是“昌泰”“盛源”一类的字号吧。他就在那牌下站一会儿，吐口痰，又提着鸡蛋走去了。主街是东西向，日落时分里，正西一圆，红得成血，连主街上都染成一片儿红。他不想看那红。那红总让他想到四闺女的腿下边，于是把头扭向主街一侧去，看那关门和没关门的店铺们。

女儿家在主街西，除了种地，还干些到乡下收购粉丝，买买卖卖那生意。有时也在门口铺一张床，把粉丝堆出几捆来。日子不是镇上最好的，但也不差下，和李林家一样的房，五年前就已盖了起来了。院落里也都铺了水泥地，摆了几盆月季花。苗家爹到了女儿家，女婿并不在。他在屋里放了鸡蛋坐下后，女儿说了不该拿东西来瞧女儿的话，他就问她男人在哪儿，女儿忽然就哭了，说她和他吵了架，他去他姑家住去了。问为啥，说是不为啥，就是他卖粉丝多找人家十块钱，一天的生意等于没有做，她说他几句话，他把锅摔了，就去县城他的姑家了。

苗家爹叹了一口气。

女儿说有事儿?

他说没事儿。

女儿说没事你不会这个时候郑郑重重过来的。

他说就是想来看一看。又和女儿说了几句家常话，看女儿肚子已经鼓起来，问了生产日期后，在女儿家院里走了几圈儿，给几盆月季浇了水，也就重又回家了。

4

洪文鑫已经从苗家爹的脸上看出一些弯曲来。

苗爹走了后，他再三问傻儿李家老二强奸苗家老四的事，看傻儿说得确凿肯定，就又犁了几垄地，提前收犁回村了。洪家在皋田是大户，上坟时跪下来黑黑压压一大片。洪文鑫十八就开始在村里教了书——北京有个天安门——他一教就是三十年。村里三十五岁向下的，凡识字的都是他的学生呢。可是有一天，儿子爬树摔下来，昏去醒来就成痴傻了。他就从乡村小学的讲台上退下来，卖了几棵树，买了几头刚出生的牛，养牛犁地，当牛到了正年，赶往牛市卖一头比他教书两年挣得多，他就存着计划给儿子去看病。准备看病了，就发生了李家老二强奸苗家老四的事。洪文鑫觉得这事比他去给儿子看病更重要，也就让儿子赶牛回了家，自己去了李林家。

到李家，洪文鑫推门进来，又顺手将门轻轻闭关了。

李家两口正在屋里闷坐着，都慌忙起身给洪端敬一个凳子来。

洪文鑫接凳坐下来，再接烟抽起来。抽几口突然就问道，老二不在家？

李林说，不知死到哪儿了。

洪就说，苗家爹往主街去了呀。

李就盯着洪。

洪又说，你真的不知道那事儿？

李就说，苗家爹来过这儿了。

洪想一会儿，闹到法律上，事就大了呢。

李想一会儿，这畜生老二，真的会是他？

洪就说，我家老大见了呢，在槐林，还有血；这傻子还说给了别人听。洪文鑫这样说着时，语气中有落井下石的愧疚感。李林听了这话儿，脸上僵一下，又慢慢松着了，如一件事情有了结果后，终就有了明证了，下一步不是有没有的事，是该如何面对的事。于是间，他把洪文鑫拉到屋里去，二人对站着，他说洪老师，你有文化呢，你说这事倘若是真的，到底该如何结果呢？

洪就说，这事盖不了。

李不言。

洪又说，不要说苗家老四已经十四岁，就是四岁着，也一眼认得出来呀。

李就问，该咋办?

洪想想，无论老二在哪都先别让他回来，回来会让苗家活打死。这种事，百年不遇的丑闻呢。

李林低下了头。

洪再说，苗家有亲戚在镇上干着法律那一行。苗家爹已经去了镇上，加之苗家闺女都是读过书的人。到这儿，洪文鑫就不再说啥了，似乎一切都在不言里边。默一会儿，他替李林叹了一口长气，吸了烟，看看黑下的天色后，听见傻儿在街上叫着他，便起身要告辞。李林转身去送他，又让洪老师在院里稍等一会儿。这样李林出来又回到屋里去，从床下拉出一捆上好的牛缰绳、两根牛皮鞭子和一个新的犁铧来，说洪老师你拿去用，你养牛耕地，这些都是必需的。

洪说，不要不要。

李说，拿去拿去。

这样让一会儿，洪他熬不过，也就接了去。

李林在门口看着洪文鑫拿着东西走了后，站一会儿，去村后那片槐树林里了。在天黑的暮色间，槐林低低矮矮，枝拉叶扯。他沿着小路，不时地闪身躲着枝条们。到小路尽头的一眼旺泉边，果然看见泉边的草地里，有一片蒿草被压倒在地上。折断的蒿棵和杂草，在泉边铺开来，犹如一张绿的毡。还有腥血味，像新草的味样铺散着。可是细吸细辨到底还是血味儿。弯下腰，果真又看见了压倒的几棵蒿草上，有着青黑青黑的污血了。似乎地上也有一片儿。血地边，有苗家的竹篮子，篮里有一把花花菜、小尖叶、齿角牙，都青青嫩嫩散在篮底上。

立在篮边儿，盯着那血渍，不知是恨自己，还是恨儿子，至尾末，李林突然骂了一句“畜生”的话，在自己脸上掴了一耳光，便软软地蹲在了竹篮边。

5

苗家爹从主街回到家，星星都已出来了。西街上青光宽厚，脚步声响出悠长和辽远。到家里，媳妇问说给大女婿说了吗？他说闺女还疼吧？媳妇说睡了呢，喝了一碗稀面也就睡了呢。说话间，有人在敲门，媳妇去开门，迎来的竟然是李林。

苗家爹还饿着，不知道四闺女的事情该怎样进展和结尾。大女婿不在家，所谓派出所的亲戚，也非近亲戚，不好贸然找去商量，便为去主街白跑一趟有些后悔了。可是这时候，李林偏偏来了呢。他提了满满一篮洋鸡蛋，比他去主街提的多得多，还又有两瓶麦乳精和奶粉之类的补养品。他一来，苗家爹心中反而旺了火，对事情的结局似乎明了了。他坐在屋子中央不动弹，李林把东西放在桌子上，低头悲悲道，苗哥啊，我李林来给你赔罪了。

苗爹不说话，把脸板下来，望着门外的星光和月光，把烟抽了装，装了抽。李林坐在苗家爹的正对面，相距几尺远，说到眼下，老二都还没有回家呢。找不到，没回家，我就知道这畜生没有做下好事情。说是他没做好事不敢再踏家门了；说我李林一辈子小心做人，小心做事，生这么个逆子败坏门风，伤天害理，回来扒几次皮下来都不消气解恨呢；说等老二回来后，我定把他送到你家门上来，任杀任剐，我李家一滴眼泪都不掉。

到这儿，苗爹说了话儿了。

说，我不打他，咱两家无冤无仇。

李林脸上掠过一层月色青。

你是他伯，没有这事，你想打他也该打他呀。

苗爹冷笑一下子，你教育的娃，哪容别人碰碰啊？

李林用手在脸上抹了一把，把头低下去，说苗哥你长我两岁多，你把口水吐到我脸上我都没话说。

苗爹哼了一下子，把烟灰敲了去，说我苗家在村里无依无靠，吐口水也要拣个地方哩。

李林说，李家在皋田也不是大户人——这次就是老二死了，李家都不会心疼；可侄女才十四，我做叔的一辈子对不起这个侄女儿。这样说着，李林朝屋里看了看。苗爹犹豫一会儿，说娟子在那边屋里呢，李林就从苗爹身边绕着朝西屋走去了。

正堂屋里仅还余着苗家爹。他媳妇一直在灶房给他烧着饭，这时候，他闷坐一会儿也进了西屋去。屋里灯光昏黄着。

在那昏黄里，苗爹因为向李林说了那些讥讽话，李林也都认下了，心里也便平静下来了，对李林有了同情心。想那几年前，他去镇上李家铺里退锄时，人家不也最终又给换了一张好锄吗？想想那锄儿，觉得和李林到底是一条街的人，儿子畜生，可李林还是一个好人哩，也就同李林在西屋站一会儿，看老四已经面里睡着了，就都又轻脚退出来，搬两张凳子放在院中央。月光一丝一缕着，飘得有声又有响。已经是走夜时候了，山梁上有寒气袭过来。村落里静，能听见村外庄稼生长的吱吱声，如小麦都在街里街外的路上走。还有这季节新生的瓜和菜，也在河边私私窃窃说话儿。吸了一根烟，又吸了一根烟。到末了，李林坚定地说，苗哥呀，老二是畜生，他不是人，你让他蹲监吧！侄女她，她要觉得我成，就让她认我做个干爹吧。

苗爹叹口气，也就温温和和说，老二无论在哪儿，你都别让他回村里，大女婿脾气暴，又有亲戚干那法律的事，知道了事就闹大了。

李林狠吸了一口长烟后，吐在月光里，说苗哥，我不饶老二，你也别心软，让他住几年，是对他老二好。

苗就说，你就这一个独儿子，我也不能把路走绝呢。

李也说，看看侄女，你把我家路给绝了也应该。

终于到了没话时，两颗心便通着了。李林取出五百块钱来，借着月光放到苗家爹的身边儿，说先让侄女看着病，三天或五天，我再送钱来。还说这钱与老二那畜生无干系，该打就打，该骂就骂，该判就判；这钱不是为了老二来减罪，是他李林做叔的对侄女的一点心。

不在钱，在话儿。苗家爹有些感动了。钱在他坐的凳下边，一沓儿。他把钱从地上拾起来，递去放在了李林的膝盖上。

说，你拿去，钱，我家有。

李林把那钱拿在手里重又伸过去，是嫌少？

苗说，一万十万都不多，一分半分也不少。

李说，我明儿再送一千来，都在镇上铺里锁着哪。

苗又说，再送五千我苗家也不能接。

李林有些僵着了，说政府判了后，赔多少我都会拿出来。

苗爹瞄了一眼那沓钱，说要钱我能对起我家老四吗？人重要，钱算啥！

李林又把那钱朝前伸一段，说这是侄女的一点医疗费。

苗爹说，明伤好治，我家花得起。

李林是明白这话的意思的，说，苗哥，那畜生任抓任打都由你，这钱真的是我李林对侄女的一点心，你要不接，就是心里不肯容我李林了。说着话，他又把那钱放在凳子下，站起来，欲走了。苗爹还要退那钱，看李林脸上极不悦了，也就任那钱就在凳子下。李林也就走。开了院落门，将李林送至门外边，见月光渐淡，街胡同黑下一片又一串，苗爹忙说等一等，回屋给李林取来一支手电筒。

手电筒光亮一柱儿，李林打着电筒回家了。

6

一夜无话。

来日里，苗家爹一早去了田里转，回来见村里有人议论啥，走上前，人人对他都亲热，问老二老三在学校成绩和花费，夸他女儿有了前程了。没人提及老四的事。没人提，但苗爹心里的影儿并没消失哩。女儿刚十四，长大该如何？告了他李家，似远了人之情；不告他李家，又显得苗家怯弱和无能。镇人们不知倒尚好，知了谁还瞧起他苗家？放长远眼光去，三年五载后，老四又如何嫁人呢？就这样忧忧虑虑回了家，早饭时苗爹端起碗，喝几口汤水又把碗推在脚下边。

媳妇走过来，说事有事在，饭得吃哩。

他说我哪还有心思吃饭呀。

媳妇在他面前坐下了，也还是昨夜李林坐的地场、坐的凳子那。她坐下许久后，说了一句话。说李家的老二日常看上去精精灵灵，咋会这样儿，实在是鬼上心头了。

苗爹锁了眉。

她又说，若不是这事儿，结门亲事倒也好。

他就叹了一口气，说千古恨呀，千古恨。

媳妇就走了。他想那李家老二姐弟俩，女的嫁了，老二读书，日子风顺雨顺。没考上高中，李林是要出钱供儿子复读的，可儿子碍了面子，不肯再读，就在家里赋闲。闲着闲着成了大人了，有次苗爹去井上挑水，他在井上，还替他从井里绞出了两桶来，说话做事，倒都像读过书的人。那时候，他想李家就这么一个儿子，人好房好，不愁成家立业。想过自家老二或老三，哪一个考学落榜，回到家里，不妨和李家结门亲戚着。

没想过老四。老四还小哩。

眼下他想了。

想的当儿，有人从门口走过，说他大女儿和女婿回了，在街口那头和人说话。出去望了，果然女婿和女儿回了，推一辆车子，正朝这儿走来。让媳妇赶忙舀饭，烙馍炒菜。在门口接了他们，问说怎么一早回呢，女儿说看爹昨天像是有事，放心不下，叫着男人从城里来了。

饭是在院里吃的，就着一张小桌。

吃饭时女儿说家里出了啥事？娘要说啥，苗爹瞪了一眼，说没出啥事。女儿问四妹上学去了？他说一早走了，便就平静吃饭。这时候，苗家爹坐了一会儿，到门外立在门口，脸上有些慌张，过了几个下地的村人，他想过去说话，又觉不妥，彼此几句闲言，他就往李林家里去了。

李林家只李林在家。

他走进院内，先咳了一下，李林迎出门来，脸上有层惊白，笑着要去给他盛饭。

他说，我吃过了。

李说，吃块馍吧？

他说，人都不在？

李说，还没找到老二。

他说，没找到倒好。

李给他端过一张凳子，疑着看他。

他说，老二娘呢？

李说，去亲戚家找了。

他说，你也出去躲躲，我女婿女儿回了，知道了要闹出大事。

李林怔着不动。

苗爹说你立马出去躲躲。说了这话，他就往外走了，没有忘记轻手关了李家大门。门外正有人赶着羊群走过，问吃过饭了苗叔？他笑着点头，说来李家让李林从铺里捎回一张好锨，听说李林从洛阳买了一捆钢锨。

通知了李家，苗家爹脸上没了慌色，在村里走得不紧不慢，心里盘算回去如何向女儿女婿说破。女婿脾气不好，和他女儿没结婚时，在镇上和人家打架，打断过乡下人的胳膊，在派出所关过几天，因有亲戚在着，没受啥样苦儿，倒是罚了款的。料定他不会放过李家，就想李林一走，大门锁了，事情就好了许多。

可回到家里，院内的小桌上饭还剩着，桌上空无一人。屋里有嘤嘤哭声。他立在小桌前面，女婿从屋里走了出来，把大门关上，在桌前重又坐下。

太阳正高，红灿灿照在院内。

女婿说，爹，这事咋办？

他说，啥事？

女婿说，四妹的事呀。

原来都已知了。苗爹坐将下来，看看上房，看看院落，脸上的难色蜡成黄的一层。

女婿说，告吗？

苗家爹拿出烟来。

女婿说，告他我去找人。

苗家爹慢慢点烟。

女婿说，或者把那畜生给他废了，可这也不是解决的办法。

苗家爹有些惊疑这话，盯着女婿的脸。

说，你说咋办这事？

问，是李林家老二？

答，是李林家老二。

问，承认吧？

答，承认哩。

问，是街西最高房子那家？

答，就是他家。

问，镇上的农杂铺子是他家开的？

答，你知道，开了几年哩。

问，他家老二多大？

答，十七。

问，就这一个孩娃？

答，大的闺女，人都嫁了。

要这样，女婿停了一下，拿筷子在饭桌上的水渍里画着。画了许多圆圈。画着说事情已经出了，最好的办法就是让老二和四妹订婚。

苗家爹盯着女婿，日光在女婿脸上照得微亮，他说话时候，脸上的亮光如在日光中动着的微水。苗家爹好久不语，等日光从他脸上移去，院里桐树的影儿移了过来，苗家爹动了坐久的身子，说李家会同意订婚？

女婿说，由得他家？

他说，订了，这事也就过了；怕李家拖久了后悔，到那时拿李家没有法了。

女婿说，早些把婚结了，料他李家不敢对四妹不好。说就李家的景况，四妹日子是不会过得差的。说完这些，女婿又端起了喝了半截的汤碗，喝着说，我和李林共过生意，这人倒是不错。

苗家爹说，李林不错，但我家要先说出这门婚事，苗姓也就贱了。

女婿把碗停在嘴上，说当然得让他李家先说。

7

女婿来了一晌，也就走了，说明儿镇上集日，粉丝得一番晾晒，不晒一些焦干样品，都是潮润柔韧，不便去卖。苗家爹就让女婿走了。女婿的话差不多在他心里正式有了赞同。出来把女婿送至门外，待人影走失，苗家爹才放低眼睛。始料不到，几年生意做过，女婿竟能说出一番话来，一层道理，和他苗家爹的意思完全合和。想这哪儿是被人收管过的人哩。且临别时又说，凡事都由爹你拿主意，需要我了，叫一声就来。

苗家爹感到安慰。

站在门口，望望身后的耙耧山脉，见前后左右，天气晴朗，到处都是日光白云。云在天上，又薄又亮，如边儿毛了却舒舒展展摊开的白的绸子。黄褐的山梁，染满了季节之绿，川流不息的是小麦苗的青棵气息。这季节让人心胸开阔。出街口走过去一箭之地，就到了自家田边。地是一个三角，上狭下宽，挂在梁腰，如一面旗帜。田地并不上好，可庄稼长势不错，丰收有望。一筷高的小麦，差不多罩了地面，稍远就不见了地的褐色。苗家爹就立在三角地的顶上，青棵气一阵一阵扑来，沁人心脾。昨天开始在心里积下的郁闷，开始渐着一点一点化开。想女儿虽然不幸，若和李家结了秦晋，也不失为一桩好事。李林这人，说到底虽然精明，但没失良善，庄稼人的本分，还都在他身上留着。比如换锄。比如昨夜他的诚恳。比如他放下那五百块钱有点发抖的手样。再者说，也不是如自己样一味的庄稼人的本性，一个镇子上的繁华，乱得没有纲目，许多人倒也忽然发了，可也有许多人只见终日忙碌，并未见有钱存着。倒是李林，你们都赶那风口上的生意，过年了卖衣，季到了卖菜，没个四季营生的稳妥。李林开始都认定了卖这农杂，绳和鞭子，铁锨和锄，犁和耙儿，镰和斧锤。以为是些时节冷货，却因为独此一家，开门都见生意，没有挤门的红火，也没有关门的冷落，日子过得如水从门前流过，山在房后依靠。相比起来，以房舍为本，有人比李家盖得豪华，也更有人远远不如李家。

李家确是殷实的日子。

也许这就是老四闺女的一段姻缘？

从山梁上下来，见了洪文鑫和儿子又去梁下锄地，觉得李家的老二如何不好，终归比洪家老大好些。洪家老大傻着，不是最终也得有人嫁他成家？没有和洪家说话，却是看着他们父子朝后梁去了。后梁沟里，有洪家的菜地。看见洪家老大到山腰那一片槐树林边，他停脚指槐树林，给爹说了几句话儿，洪文鑫在他腰上踢了一下，父子俩又拐弯走了。

苗家爹回了家里。

大女儿要在娘家住上一段，这时候正在门口候着，说李林在家坐哪。问来干啥？说不管干啥，我们不能这样便宜了李家。

苗家爹望着女儿。

女儿说，要他家最少拿一万块钱来。

苗家爹扭过脸去，在地上吐了一口恶痰。

女儿说，爹，如今不是过去。

爹说，忙了你回你家去吧。

女儿说，主街上有过这事，一张口要了两万。我们只要一万，对起他李家了，把这钱给四妹存着，谁都不花，也是四妹的银行体己。

从女儿身边回了家里，苗家爹再也没有同女儿多说一句。到了屋里，果然见李林坐在那儿，脸色黄着，说找到了老二，他在姐家躲着，不敢回来，请苗家去人到他姐家，吊着打死这个畜生。

苗家爹说，他无情，我苗家不能无义。

李林说，我迟来了一步，让女婿走了。

苗家爹给李林一个眼色，两个人从正屋到了另外一间屋里，彼此坐着，李林说苗哥，这事不能这样完了，得让女婿去把那畜生打上一顿，打折一条胳膊。苗家爹说，事情已经出了，打了能把事情打回？我愁的是老四这辈子如何发落。

李林不语。

两个人坐着抽烟，从窗里透过的日光，把烟雾染成金色。有一只飞蛾，在日光里飞着，把金色的烟雾冲撞得时断时续。能听到飞蛾扇翅的声音。也能听到烟雾断折的声音，如拉断一根绣花的细线。坐得久了，李林就抬起头来，在苗家爹的脸上瞅了一会儿，说苗哥，你说如何？

苗家爹说，真嫁不出去，就让她在家守一辈子。

李林把目光移到苗家爹的手上，说，苗哥，让我说一句罪话吧。

苗家爹用亮眼看了李林。

李林说，老二有罪，让老二做牛做马侍奉你二老一生，侍奉侄女一生。

心里热了一下，苗家爹脸上反结了愁云。他从床上站起，倚在桌上，又蹲在地上用手把头抱了许久。最后，似乎是主意不定，忧虑十分的模样，就抬起头来，说兄弟，事情不由了你我，我怕老二不会像你说的那样。

李林从地上站起，说苗哥，有话你就说吧。

苗家爹说，老二这种孩娃，没法让我信他。

李林也就走了，没说多余话儿，从苗家院里穿过，留下的脚步声又深又重。

至天色将黑，李林就又到了苗家。苗家人还没有吃饭，大女儿正在灶房忙着。院子里的鸡猪，响出一片声音。李林重又来了，又都安静下来。苗家爹正在垫圈，新土的气味，粉红着在院里飘散，和着圈内的粪味，使苗家很有了日常人家的日常气息。李林脸上有汗，在落日中闪了光亮，不消说他路上走得很急，也很兴奋。他去了女儿家里，把事情办得圆圆满满。踏进苗家院里，他便从口袋取出一样东西，叫了一声苗哥。

苗家爹从猪圈跳了出来，说，屋里坐去。

李林看了上房的窗子，说厢房去吧。

苗家爹推开了厢房的屋门，唤说家里的，你多烧一碗饭吧。

李林没有立刻进屋，说让嫂子也来一下吧。

苗家爹就对着上房的窗子又叫了一声。

苗家的厢房还是草房，原是大女儿的住处。大女儿嫁了，房就闲着，搁放日常杂物，但床还在，桌还在，也还有一张条凳。大女儿回了，仍住这个屋里。有了客人，也在这个屋里宿住。

屋里的凌乱，已被大女儿收拾去了。床上铺了新的床单。条凳也用井水洗了。地上不见尘灰。屋里光线也好。窗子面西，夕阳过来一束，屋里能见梁上蛛网的亮色。三个人进得屋里，苗家爹坐在床上，李林坐了条凳，女主人立在隔墙的门口。静下一会儿，李林就把手里的一个小布包儿端在手上，说他到大女儿家里，又见老二，骂了一顿，打了一顿，把脸打得肿了，最后就说了他苗家伯娘的情意，说了对老二的不信，说怕老二将来不仁不孝，对四闺女不好，说老二听后，当时哭了，进到他姐家灶房，竟用菜刀剁下一截指头，拿着一截指头回来说，日后他到苗伯家里，手不勤快，心无孝心，就是这个样儿；对四闺女侍奉不到，指指点点，甚至动手拍打四闺女一下，也就这个样儿。

如此说着，李林打开了他手里的生白布包，刚揭一层，就见了有红血渗出。一层一层揭去，听见了血把白布沾了那种丝连的声音。光线尚好，日色还在天上，屋里的亮堂，和外面不甚相差，然温暖是不如午时了。有水色的阴凉袭着。李林把布包揭至最后，就果真露出一截指头，血都染了，缩成一粒，显出青色，如隔夜萝卜的一段丁儿。

屋子里有了腥气，像推开窗子，晨雾一涌而来，湿润润的。苗家媳妇看了那截指头，脸上白了许久，身子倚着门框，把目光落在了苗家爹的脸上。苗家爹的脸上有了浅黄，如贴了纸般。装了一袋烟抽，说你咋就能让老二这样？

李林用布角把那指头盖了，说想不到的。

苗家爹吐出一口烟来，说这孩娃也是性烈。

李林开始包着那截指头，说断了也好，让他记住。

苗家爹问，哪个指头？

李林说，食指。

苗家爹从床上站了起来，说庄稼人呀，还要干活种地哩。

李林便把那包儿重又装进口袋，说，留着它，不仁不义了就给他看看。

苗家爹瞪着媳妇，说还愣着干啥，快去给他李叔盛饭。李林说不能吃的，家里烧了，又被苗家爹说了许多挽留的话，也就在苗家吃了夜饭。

8

事情总算有了尾声。

洪文鑫家里，正在忙着烧菜。傻老大被打发出门去了。洪家的女人不亦乐乎在灶房叮叮当当。李林和洪文鑫对坐在一张桌上，摆了茶水香烟。李林说让洪老师破费实在不该。洪文鑫说我也高兴，哪想到有这样结局。李林说多亏了苗家人的宽厚。洪老师说，仇还仇，仁还仁，你这次也是让苗家感动了的。说话之间，苗家爹推门来了，都起来让座倒水。并又拐了一个话题，说到粮食，苗家爹说今年的年景不错，雨水丰足，一个耙耧山脉都有望丰收。又说到犁地，洪文鑫对苗家爹说，牛闲了，你什么时候犁地都行。

苗家爹说，种还早哩。

李林说，啥时儿犁，让老二李撞去干。

苗家爹笑笑，说，拾了一片荒地，不知长不长庄稼。

洪文鑫给每人敬了一根香烟，点烟点到苗家爹前，特意把火柴吹灭，又换了一根新的，说苗哥，我敬你的仁厚，犁地时你再不要提那料钱和牛的辛苦费了。

苗家爹认起真来，说那咋行呢。

洪文鑫说，你给我钱，就是笑我不仁哩。

李林说不给也就不给吧，同村人的，接钱也就叫人脸热。这时候，菜就炒了出来，几个盘儿，见红见绿，还有半瓶白酒。三个人用三个空碗倒了，各有盖了碗底的深浅，碰着喝着。洪文鑫的媳妇，菜也炒得道地，味香色鲜，摆在桌上，极其悦目。三人都是中年，边喝边说，没一人提起那件事情，和没发生过一样。气氛好如这个季节。四月仲春，到处都是温暖，空气透明地亮着。边喝边说，说了许多话儿。李林说了他镇上的生意铺子，一年能赚几千，把苗洪都给吓了。村里没人知道他有那么大的赚项。苗家爹说他老二老三，多亏洪老师教时做有基础，考试都在高中的前边几名里。洪文鑫也说他不教书了，仍改不了读书的毛病，前几天读了一本老书，说清朝时候，有一个张姓的惯偷，被慈禧下旨通缉，他逃到一个山上，到山下村里偷了一对无儿无女的老人，被发现后，老妇要告知县衙，却被老汉拦了，不仅不报，每夜还把吃的做好放在门口，有时夜不闩门，放在屋里桌上。这小偷得手顺了，就专偷这双老人半年。冬天到了，忽然一场大雪，天寒地冻，小偷又冷又饿，又偷到老人家里，见门上挂了一捆棉衣，拿走穿了，又软又暖，十分合体，连棉靴都大小合脚。明白过来，当夜去跪在老人床前，认做了儿子，再也不偷不摸，耕耕种种，孝养二老至送终入土。

说有年慈禧路过这儿，知道此人就是当年她下旨缉拿的惯偷，成了方圆百里的孝子以后，慈禧还给老人送了一块石碑，书“仁力无边”四个大字，刻在石上，竖在坟头。李林听了这个故事，说有这样事情？洪文鑫说，当然有哩，就发生在耙耧山脉。苗家爹说，哪个村的？洪文鑫说，西山桃园村的，“仁力无边”的字碑，还在马家的老坟上直直竖着。说这事县志、市志和省志都有记载，我看的就是一本志书。

说到这儿，酒也尽了，又煮三碗面条，各自吃了。收拾了残羹，擦了桌子，三人静静坐着。抽去一根烟后，洪文鑫看着李林不语，目光有了询问。

李林把目光落在苗家爹的脸上，说苗哥，给侄女说了吧？

苗家爹看着擦净的桌子，说，透了风儿。

洪文鑫问，同意？

苗家爹说，她还小，明白不了许多。

李林说，咋办？

苗家爹说，写呀。

洪文鑫就去里屋拿了笔墨，取出纸来，把一张七寸宽的白纸单儿铺在桌上，又回去拿出一张旧报，一本旧印颜帖，随手掀开，端详一阵，在报纸上仿帖摹了一个“庄”字，一个“仁”字，见比画顺了，便扯去报纸，在白纸上书写了起来。他写得很慢，比过年写对联慢了许多。每字的每一笔画，都十分讲究，连李林和苗爹都看得累了。他媳妇替他泡的一杯青茶也都冷了，才把那一张纸给写满。

那字是：

婚书

李家老二李撞与苗家老四苗娟娟癸年四月约成订婚，男十七，女十四，皆为自由，双方至死不悔。结婚日期，视情可早。婚后男女双方，相敬如宾，恩爱白头，孝敬双方老人，容忍双方过失，生儿育女，立业为本，成仁爱夫妻，做祥和人家。

最下是苗家爹和李林的落款及日期。写完之后，洪文鑫先自默念一遍，不见错字漏字，又大声朗读一遍，问还有啥儿，苗和李相互看了，都说满意，就是这个意思。洪文鑫便依样又抄出两份，取出印泥，让苗李滚了指头，在三份上各按了自己手印，用嘴吹干印迹，三人各收藏一份，说了谢话，便都走了。

走时，李林掏出了五十块钱。

洪文鑫变了脸色，说我洪文鑫是为了这钱？

李林嘟囔了几句歉话和谢话，最后把那钱还是放在了桌上。

9

临近秋天，树叶落时，苗家老四因下身常有女病，下学在家就医。中医西医，有药则轻，无药则重，终日不见有愈时候。请了高明大夫，看了又看，最后却说，还是让孩娃早些应婚。

苗家爹去镇上铺子找了李林。李林说让他们结婚是了，结了婚，让侄女来镇上守着铺子，又清闲，又干净，腾出手来我去做别的生意。

依着风俗择选吉日，定为中秋那天，过礼纳彩，李家进城办了什盒彩礼，内装衣料几色、五颜扎线、糕点果品和一对玉的耳环、一只纯金戒指，以示冰清玉洁，心地如金。接了彩礼，苗家给老四看了，老四也都满意。说起来老二、老三都还在城里读书，老四是不该嫁的，年龄小哩。可情景如此，也就当成一件大事办理，把李家送的婚钱买了衣服和床上用品，砍几棵树用火烘干，做了一路箱桌陪嫁。镇人街人，也都知道根底，愈加同情，都送了许多物品添压箱桌，如衣物、首饰、梳妆用品，把箱柜装得满极，桌子抽屉里都塞了单子、被面、毛线等。八月十四，男女双方，都到坟上举行了请祖仪式。十五这天，半个镇子热闹起来，大街小巷，盛满了脚步的声音。

苗家除了读书的老二、老三还在城里，老大和女婿，自然也都回家到场，姑、姨和舅家，男男女女，和苗姓同祖，几十人在苗家院内进进出出。院子里是门都有喜联，是树都有“喜”字。喜庆一片，红到烂漫。日色也好，金黄着暖人。为了隆重，苗家请一班器乐，李家亦请一班器乐，都是镇上有道行的民间乐手。洪文鑫是苗李双方的总管和主持，协调了许多事情。因是同村同街，百步相距，旧时的轿子没了，风俗也嫌过时。骑马在现时流行，有人为了致富，养马备鞍，专为结婚人家租用。可苗家老四年龄浅小，又有下病，不能骑马。当然也不能让步行入门，李家便到城里寻了在政府做事的亲戚，借了一辆副县长的轿车，不给租金，用后给司机一个红包，包百元、二百不知，再有一条好烟、一瓶好酒也就齐了。

日出时分，轿车从县城开来。司机吃了一碗白糖荷蛋，便在司仪的指挥中，从李家开了出来。车走得缓慢，在乐声中朝苗家开去。

苗家听到李家的鞭炮，大女婿就吩咐人马各就其位。抬箱桌的架好了扁担，放鞭炮的燃好了大香，搀新娘的系好了红绳。这时候李家接新娘也就到了。庞大一个队伍，鞭炮声、说笑声不绝于耳。本来就是中秋佳节，洪家、苗家、李家三姓，几十户镇角的皋田人家，都为婚事忙得换了衣服，不忙的也换了衣服。在早饭不久，太阳偏东，日色黄灿，人们就都围了过来。形势比过年还阳光气盛。飞舞的炮纸，震耳的炸响，流荡着火药的气味。挤拥的人们，把一条街的乡村中秋，弄得好生繁闹。身后山梁上的百姓，前后村落的人家，都立在村头高处朝这皋田街角里张望。有的闲人，也竟朝这来了，仿若看戏赶集。

苗家在一切停当之后，忽然出了事故。新娘子不肯离开父母，在屋里抱着母亲哭得死去活来。原来都是说好了的。年龄虽然不大，但这婚嫁都已懂了。自己的景况，也都知道。学校的生理课上，老师也略讲过一二。其利害她也明白。为了治病，说到婚事，也都默着认了。可今儿当真离开，她似乎懂了过去许多应答，答得不该，为时尚早，就在屋里哭着不肯出门。门外鞭炮声声，音乐如潮，催得急切，这边新娘子苗娟，就是不肯走离上房，任人如何劝说。

至尾后，大女婿到院里找到了苗爹。

苗爹在人群中默着一阵，脸上浅黄，进了屋去。

门外的乐声停了，实在吹得累极，吹不出新娘，就都歇了下来。还要匀些力气留着，待新娘出门时一路吹奏。鞭炮也就绝了声响。忽然静了下来，看的人们，彼彼此此，互相询问，也都听见了上房新娘撕裂嗓子的哭唤，如一条大河流淌，都说这新娘真的懂事，对爹娘亲极亲极，竟然哭成这样那样。

洪文鑫原在李家安排事务，等得急了，也从李家跑了过来。问，咋儿哩？

大女婿说，不肯出门。

洪就说，哭几声避避邪气，图个吉利也就罢了。不能总哭，那边饭都凉了。

大女婿说，是真的不肯出门。

怔了一下，洪就让大女婿去吩咐吹的继续吹着，鞭炮继续放着，礼仪继续准备着。他过去把搀扶新娘的两个村里的利索女人叫到门外，让她们在院里等着新娘，说他去把老四叫将出来。

大女婿问，你能把老四叫出来？

洪文鑫说，我教了三十年书，啥儿课都讲过了。

便就进了上房。新娘子仍在西屋，洪文鑫一到，先让其余人员一概走出，屋里仅剩苗爹、老四和他洪文鑫。连苗家大闺女也都被安排在院里等候。院里人多，帮忙的副司仪、鞭炮手、搀客、送客等，娘家一班人马，全都木木疑疑地望着上房。李家的一队接客，也都在大门外望着院落里。

静极间，能听见院内的秋叶飘落。苗家老四的哭声，和她“我不嫁呀，我不嫁呀”的低唤，清脆脆从窗里流淌出来，寒月一样浸在街上、村里和村里人人的心内里。

可她哭着，声却小了。

声小下来，不再哭了。

洪文鑫进屋有了一阵工夫之后，她竟真的不再哭了。

少顷间，老四苗娟，便从屋里走了出来。并不冷的，就穿了大红绸袄，显了身子的胖感；盖了大红头巾，穿了红的绸鞋。整个人都绸在红里，只有腰里的一个铜镜白着，从屋里出来，她如一颗红的月亮。新娘不再哭了，可苗娘见女儿走了，没了哭声，反倒端端坐在屋内落泪。人们顾不了许多事情，只顾了对洪文鑫的惊奇，一院人望着红的新娘，也望一边的洪先生，不知他给娟子上了咋样的课程，这就肯要嫁了。此时半空起了一声炸炮。响器班重又吹了起来。搀扶客忙又扶了新娘。红地毡铺在了新娘脚下。送客中有了唤声和千响的长鞭。司仪的唤声在鞭炮声中起起落落。

新娘上了车去。

有了大女婿的叫唤，起轿——

最前的一个苗家男娃，担了一对红的木盒，盒上有一对红羽公鸡母鸡。这是风俗中的鸡媒盒儿。鸡媒盒儿最前，随后是一路陪嫁，如桌、椅、箱、柜、盆架、被褥，皆有人抬着，均为红色，连尾后上海产的轿车，虽是红色，却又系了红花，盖了红布，愈加红了。响器在车后车前，各吹着一班，笙和喇叭上都系了红绸条儿。再后的接客送客，笼统成一个队形，有时粗成一团，有处细成一线，零零乱乱，乱而有序。大家都为这桩婚事满意，说苗家嫁妆不错，说李家舍得破费，还给新娘买了真的戒指。由于苗李两家，只差一个胡同，挑鸡媒盒的向导，就被指引着绕到镇外路上。镇外的马路，是当年新修的道路，红沙垫着，宽展有余，轿车在上边走着平稳许多。响器班的，在好路上走着不用留心脚下，就把头仰在天上，把器乐对着日光，眼睛眯了，吹得如醉如痴。两班响器，吹了同一个调儿《入仙境》。笛声鸟语花香。笙声碧水流长。箫声中清风悠悠。日色的黄亮，在民间音乐的流水上一闪一闪。一路的树木房屋，都在乐流中荡动不止，潺潺悠悠。

洪文鑫在轿车一边，夹了一卷红的毡子。夹了毡子，就是这婚嫁过程的代表，权大威大，让走则走，让停则停；让快就快，让慢就慢。一路撒散吉利红帖，做各种习俗仪式。见一古木椿树，有一个防雨石桥，都用红毡掩了，至轿车缓过，方取下毡来。这些避邪趋时的作为，都来得仔仔细细，有着讲究。至街口一家洪姓，门前是块阔地，成为村中的饭场。饭场中有十几棵槐树，大的碗粗，小如胳膊，洪文鑫都一一用红毡遮了。有人懂得婚俗，说洪老师，槐树不用掩的，又不是百年老树。他笑笑，掩了吧，不费事的。就把沿路的槐树全都用红毡遮掩一下，连一棵当年新生的小槐，指头一样粗细，也都用红毡包了。

共遮掩槐树四十七棵。

终于到了李家。

鞭炮愈加轰鸣。响器愈加吹奏。整个村街都成了红的鞭炮的海洋，黄亮民乐的声韵。人群山海浪潮，涌东涌西，一会儿次第吹奏《入仙境》《进桃园》，一会儿吹奏《凤朝凰》。人都围着轿车，等看新娘下车，闹鞭炮欢叫。村落也就沸了。

除了苗、李两家，其余都关了大门，集到李家门外，就都看见苗娟在盖头之下，脸是黄的颜色。车门一开，五谷杂粮在李家门口散落过来。两个搀客，像合提一包棉花，架着苗家这个老四，就从人群的缝里穿进了李家院内。

人群跟着拥了进去。

鞭炮更响，吹奏更亮。

司机是见过世面的人物，独自在车上坐着抽烟，听着从李家传来的拜天地的唤声，也便完了婚事。

10

入夜，皋田西街的人都来闹了洞房。

而苗家少了一人，大女儿女婿便留下弥补寂寥。当月亮初升，村落里一片光明时候，苗家爹在院内设了一桌，上陈苹果、柿子、石榴、香梨和红枣。五色供果盛着五个盘儿，中间置放一个精心储藏多日的西瓜，瓜前竖立一个整整一斤重量的月饼，两旁又各摆熟毛豆一盘。苗家娘焚了香火，烧了纸马，拜祭了月亮，大女婿、大女儿也都过来坐在了桌前。

苗家爹说，总算办了一件事情。

大女婿说，我想在镇上开一个食品店，专卖礼品、糕点、罐头啥儿的。

苗家爹说，能行？

大女婿说，专卖洛阳、郑州的好货，觉得准行。

大女儿说，你有本钱？

大女婿说，想先借李家一些，不知人家肯不肯哩。

苗家爹说，只要他有，准会借的，都是了亲戚。

苗家娘过来分开了月饼，都吃将起来。月亮不消说的圆大发红，内里的淡影，如云样浮动，吃着看着，短不了说些赏月时年年说的俗话以后，大女儿就和女婿朝家去了。

都过了一个喜悦中秋。

11

洪家老大去舅家住了一些日子，回到村里时候，已是苗家李家喜事的三日之后。正值午饭之时，没有日光，天阴着似要落雨，云在天空飘飘拂拂。三天前腾起落下的鞭炮纸屑，红的、灰的、黄的，还散发着它的气息，在地上贴着一层。

傻老大从舅家提回几个苹果，在路口站着，望那一路的炮纸，疑惑在脸上很厚很厚。这时过来一个村人，端了饭碗，提了凳子，傻子问说，是过的八月十五吗？

那人说，你没吃月饼？

他说在舅家吃了，我还提回了苹果哪。他举起苹果送给人看，又说八月十五怎么就放了一村鞭炮呢，不是过年才放嘛。

那人说，苗家的老四和李家的老二结婚啦。

他就站着，脸上木着疑惑，厚如贴上去的纸般。立下一阵，又从地上捡了两个未响的红炮，拿着进了街道。

从街道胡同中走来一个羊群，如拥在胡同中的白云。赶羊的是他的同族长辈。羊群擦着他的裤腿走过时，他拦了羊群，说叔呀，李家老二和苗家老四结了婚吗？

羊把子说，你爹的媒人。

他说，你知道吧？

羊把子问，啥？

他说，李家老二是个流氓。

羊把子说，回家吃你的饭去。

他就疑着，真的呀，李家老二强奸了苗家的老四。

羊把子从他身边走了过去，又回过头来，说你见了？

他说，见了，就在那边槐林。

羊把子说，回家吃你的饭去，不要胡说八道。话毕，人家追了羊群，要把羊群送回圈里。他迷惑不解地站着，直看着羊群在村口朝北边拐去。村街的饭场在街口角上，人们正在吃饭。这时洪家老大来了，提着他的几个苹果，拿了旧的鞭炮，来到了饭场边上。

一个妇女说，去你舅家住了？

他说，你们知道吧，李家老二是个流氓。

妇女说，在你舅家住了几天？

他说，李家老二把苗家老四的衣服脱得精光。

村人们有的吃饭，有的看他，目光都很专注。

他说，就在槐树林里，我去那儿屙屎见了。

村人们说，你看，你爹叫你回家吃饭去了。

他朝村街瞅瞅，不见一人，就又认真说道，真的呀，我亲眼见了，苗家的老四要哭，他说了啥儿，她就不再哭了，就把人家衣服脱得精光，放在第二眼泉的边上，到后来我跑回村子就听见苗家老四的尖叫了。

街人们不接他的话茬，把饭吃得愈是响如海啸。也不再有人看他，不再有人理他。也没有了人说阴天集市，说庄稼锄草。洪家老大独自说了一阵，极没趣地走了。走了几步，刚要离开饭场，苗家爹从对面端一碗雪白的捞面走来。白捞面中夹了黄嫩的鸡蛋，油香的味儿顺着胡同窜流不止。看见苗爹，洪家老大也就站下，等他近了，说苗伯呀，我对你说，李家老二李撞他不是个东西。

苗爹立住。

他说，李撞是个流氓。

苗爹的脸热了一下，说该吃饭了，你回家去吧。

他朝前走了一步，离苗爹近了些许，说李撞欺侮老四，在槐树林里。

苗家爹的手就有些发抖，说你娘给你做了好吃的，快回家去吧。

他看着苗家爹的脸色，认真停了一会儿，说我是证人，亲眼见哩，他把老四脱得精光。老四不让，可他吓她，就把老四糟蹋在了槐树林里。说就在中间那个泉边草上，还有一地老四流的血哪。

苗家爹的脸上一阵死白，碗从手上掉了下来。白捞面落在他的裤上、鞋上。饭场上卧了一条花狗，是李林家里养的，它慌忙从人群中跑来，去苗家爹的脚上吃着，又舔了他的裤子。洪家老大有些怔了，低头看了一眼正吃着的狗，用力朝狗腰上踢了一脚，那狗也就尖叫着跑了。

饭场上的街人们，就都围了过来，替苗家爹捡了饭碗，都说他是傻子，黑言白话，胡说八道。就有好人放下饭碗，快步去了洪家。洪家爹迅速来了，朝儿子脸上打了两个耳光，慌忙把傻老大往家里领着。走了又对苗家爹说，我看你后梁上那块地还硬着，明儿犁吧；犁完了我就卖牛；卖了牛，我就到洛阳去给老大治病去了，趁着这个闲季。

苗家爹说，治病要紧，我借别家的牛去。

洪文鑫说，自己的不用，用人家的干啥？

就把傻老大领回了家里。街人们依旧在饭场吃饭，坐着站着，说集市上的物价，说哪儿又多了一个铺子，说肉又涨了价了，盐也涨了价了，醋也涨了价了，酱油也都涨了价了。说着时候，就听见从洪文鑫家传来傻老大粗粝的哭声，就都知道洪文鑫在家里又打了他家老大。打得重呢，傻老大的哭声长得高得和河水山脉儿一样。

几日之后，待苗家用过了耕牛，洪家把牛牵到集市，卖了一个好价，就领着老大到洛阳看病去了。走那天，九月初九，重阳节，选过的日子。随后近了初冬。随后冬天来了走了。冬天一走春天来了。春天一来，苗家的老四娟娟也就生了。

是个男孩，取名李社。

chapter 3 在レストラン餐厅

1

尊敬的读者们，你们阅读完那篇《速求共眠》了吗？又有怎样的感受呢？觉得我的写作极为幼稚、拙笨吧？连用词造句，都粗如黄土、沙粒吗？是，还是不是？无论是与不是，都务请你们别过早地下结论和评价它。因为那毕竟是三十多年前的事实，二十九年前写就的一篇习作，是我这一生首次把真人真事搬进小说里。或者说，是我第一次以虚构为幌子，写下的一篇纪实非虚构。在许多情况下，一个作家进行写作时，摆不脱真实的经验，是他写不出伟大作品的最大障碍。小说《速求共眠》的成败，皆在于摆脱或不能摆脱真实发生的这一点。好在我们现在不用去讨论这些了。我说过，请你不要把它与《阿Q正传》相比较。它只是要为我们即将拍摄的电影做一次稍嫌臃肿的铺垫。

小说中的人物李撞和他的父亲，苗娟和她的父母，那个乡村知识分子洪文鑫和他的傻儿子，以及那个皋田镇上的所有人，站在街头的，躬在田野的，蹲在河边洗衣、汲水的，到镇上赶集买买卖卖的，有谁会是我们电影的主人翁？我要演那个男一号，可那个一号又是谁？蒋方舟若演女一号，那个一号又是谁？顾导演，将来是这个电影中的某个配角演员而非导演的顾长卫，还有郭芳芳、杨薇薇，还有我已计划好的非职业的演员们，他们是谁又会被谁去演绎？尊敬的读者们，你们是不是从《速求共眠——我与生活的一段非虚构》的开始，就已知这部电影将来最大的受害者和受益者了呢？是这样，受害者就是顾长卫、蒋方舟和其他所有的人。而受益者，仅有一个人，那就是我！是那个欲望极度膨胀了的阎连科。情况真的是这样，从一开始要拍一部电影的灵感到来至结尾，一切都是我给他人布的地雷阵。人生就是这样，所有的交往都是泥沼和陷阱，因此才有那么多人觉得与猫狗交往远比与人相处更值得，更有真诚的回报感。许多人都知道我和顾的好，相亲相爱，挚如兄弟。现在这种亲情义朋到了我要收获的季节了。说真的，我不会让他当导演，但我会利用并消费他作为导演所有的才华、能力和善良（我计划等他把资金、剧组都筹齐建起后，就拐弯抹角和他摊牌，让他把导演手中的话筒放到我的嘴前边。至于如何摊牌说什么话，那个要将他取而代之的我，理由与骗局我都设计好了呢）。我要让他知道，善良与懦弱，是他一生最大的敌人，而不是他周围和这世界上的任何一个人；还有蒋方舟，少年得志，慧智内外，那么，就让你少年的智慧在这部电影中也成为我名利的银行吧。杨薇薇、郭芳芳和李静等，你们各有才华，天赋异禀，那就让你们的异禀才华都成为我案板上的剁肉吧。

说一点我计划中的小信息，对于顾长卫，我不仅最终不会让他做导演，还要让他成为我这部电影中不拿任何片酬的配角、边角老演员。当然啦，我也曾经设想过，我将通过他，让更多的导演（非演员）如陈凯歌和张艺谋，都到这部电影来客串一下子。冯小刚也是要来的。我会通过我的好友刘震云（嗨，我这个兄弟呀！），我会让他把冯也忽悠到我的剧组来。所以说，我的读者们，今天我们不讨论《速求共眠》这篇小说好不好？请你们一道和我和他们来讨论这部即将拍摄的电影好不好？看我是如何把一篇小说、一个事件和一群真实人物转化为一部艺术电影的——那部可期待的电影之杰作。

他们就来了——读者们，请聚焦你们的注意力，他们走来了。

顾长卫、蒋方舟、郭芳芳和杨薇薇，他们作为即将开拍电影的发动机，一部伟大艺术之种子，朝着日本餐厅撒过来。日本餐厅在香格里拉的中厅二楼上，装修当然是日式格局的素雅、恬静和弱不禁风的美。杏黄色的木质圆形拱门边，左边刻着一朵巨大的红菊花，右边写着一个"菊"字像刀下的血一样。拱门的圆额上，是日文"レストラソ"几个字，我想那几个日文就是"菊餐厅"的意思吧。我是在菊餐厅里边的雅间"きくえん"（菊园）隔着雕花窗玻璃看见他们走来的。一行四人，顾在最前，脸上没有什么阅读后的喜悦，但也没有啥不悦和郁闷（如我想的样），"一场阅读而已"的表情，像走错了路却看到一片异景风光样。因为大家此前都不是第一次到"レストラソ"里来吃饭，就都熟门熟路，径直朝"きくえん"走来了。不大不小的包间里，筑高几寸的榻榻米，中间是下陷的池座和餐桌。四周木质的雕刻墙板上，挂着几幅日本的俗世和服画，墙角摆了日本的陶艺品。别的就没什么了。也没什么可说了。别的我也压根不关心。我只关心他们阅读小说后的反应是否过分失望乃至绝望，是否会跑出我为他们铺就的轨道和桥索。还好就在中午十二点半的时间点，他们没有让我看到过分的不安和失落。"看了一篇小说而已"——除了顾，别的人脸上也都是这表情，像他们已经在到来之前交换过意见、排列组合了思想样。每个人的脸上都是无关紧要的平静和你好、我好的淡水色。进门坐下来，谁也没有首先谈论小说的长和短，都是说:“饿了，饿了，快吃饭”“饿了，饿了，快点菜”，以此躲避着他们以为我必有的失望乃至绝望。

这很好。非常好!

穿了和服的中国服务员，进来说了两句“欢迎大家光临”的日语后，就把几份菜单如我发小说一样发给大家了。也都翻看着。很快统一味觉，达成共识，决定每个人都要一碗日本大酱汤，一份鳗鱼饭和大麦茶，外加几个日本点心。在服务员离开时，包间里出现了片刻的尴尬和宁静，如雷雨前整个天空出现的瞬间死寂样。有些过凉的空调风，让他们有些夸张地都抱住胳膊打了几个冷摆子。

“好冷呀！”郭芳芳的这句话，是提醒大家该说的总要说。躲不过去倒不如索性说出来。

就说了，当然最先开口的是顾长卫。

“阎老师，你今天不是逗我们大家玩吧？”问了这句话，顾导脸上那和善的笑，一如千年不变的弥勒佛样慈祥而自然，既无责怪，也无善赞,说着还朝我面前的杯里倒了水。大麦茶那浓烈糊焦的香味，迅速在包间漫开来，像石子落在湖中漫开涟漪般。自然地，又是所有人把目光都投向了我。自然地，我是早有所备，不惊不慌，如城门洞开，大敌当前，诸葛亮在城门楼上弹琴看着敌人般。他们在看我，我又以加倍平静的目光看他们。而我的平静，让他们更感有力和不解，如了罪犯看着法官微笑时，法官对罪犯和法庭的不解样。

倒是他们无法沉静下去了。或者说，是我的平静把他们的平静击碎了（激怒了)，让他们反倒无法在平静中以同情、安抚的目光望着我，像法官无法面对那个罪犯善良而温和的微笑样。服务员很快端来了每人一碗的大酱汤。顾导首先喝了一口酱汤，再次把目光搁在我脸上："阎老师，你觉得《速求共眠》是一个好的电影故事吗？"

并不答。我把目光从顾的脸上移开搁到别人脸上去。我要让他们都说出自己的心里话，哪怕每人只有一两句。

郭芳芳："你把我们都当成电影圈里的白痴了，就像你小说中洪文鑫家的傻儿子。"

"恕我直言，"杨薇薇在我对面把身子端起坐得更直些，"这小说真的不适合改电影。故事、人物、场地——完全一部农村风俗戏，人家投资这个电影，还不如把钱拿出来撒到大街上。"

"作为小说倒是一篇有味儿的好小说，"方舟说，"中国乡村某一类民间故事样的现实写得惟妙惟肖，有很强、很强的画面感。"

终于，就都把话说将出来了。每个人脸上都有了一种如释重负的轻松飘荡着。四份鳗鱼饭和一些生鱼片、芥末膏，还有两份寿司也都摆在了饭桌上。服务员退将出去后，我朝大家笑了一下子，依然不说话，首先夹起面前的一块鳗鱼放在嘴里边。这让大家着急了，像所有人的话都是错的谬的根本不值得我一驳一说样。

顾终于忍无可忍了，把日式上黑下红的漆筷有声有响地拍在了桌子上。

"阎老师，你如果是逗大家玩，咱再换个时间好不好？"

我也正经起来了，收起笑如拉开窗帘般："那不是一篇小说，那是一部非虚构的纪实文学，连其中的人名、地名都没改。故事中的情节和细节，都几乎是真的。甚至说，百分之百是真的。二十多年前，我是根据我家乡的真人真事写成了《速求共眠》的，只是发表时，当成虚构小说发表了。二十几年后，连发表在哪家刊物我都忘记了。但昨夜我一夜辗转反侧，为这篇小说睡不着，为其中的人物和故事睡不着。”

顾拿起筷子吃起来：“并不是所有的真人真事都适合改电影……”

我从他的话里听出了不屑和不敬：“顾导演，我希望你让我把话说完。别人正说话时打断别人的话，这有些不够礼貌吧！”

筷子僵在了他嘴上。他没有料到我有如此的柔硬和冷厉。怔一下，他把筷子再次放在桌边上，双手绞抱在胸前，完全端直着身子盯着我，使那端正、肃静的文明里，显露着随时要和我争吵、打架的爆发力（这很好。非常好！）。别的人，也都为这突来的僵局怔着了，看看他，看看我，都把表情硬成酱汤色。“我没有说让大家把《速求共眠》改编为电影。”我也晃晃身子让自己坐端正，“我要说的是，当年在《速求共眠》中强奸了苗娟的那个李撞，他现在就在北京大学校园内的北边上。你们谁都想不到，这个已经人到中年的我的同乡农民工，他因为在北京打工多年，一直跟着一个建筑队在北大、清华和人大校园里修修补补，盖房子，砌围墙。因为在大学打工，他竟爱上了北京大学的一个高才生，彼此年龄相差二十几岁，一个是我老家不识几字的农民工，一个是北京大学才貌双全的研究生。他对人家爱得死去活来，生离死别，穷追不舍，你们说我们要根据李撞在北京的这段故事改编一个电影呢？

“一个最土、最没文化又最穷最丑的北方男中年，爱上了中国最有名的大学里最漂亮、最有前程的南方大学生，他们中间会发生怎样的故事呢？

“如果这个故事成立并逻辑合理的话，那不是最好不过的一个千载难逢的电影故事吗？什么样的农民才会有这样的勇气去追求北京大学的高才生？只有那种貌似头脑简单，而实为内心丰富、性格复杂而扭曲的李撞这样的农民工，别的谁都做不来。而你们看了《速求共眠》的小说后，会质疑李撞的爱情吗？年轻时强奸了苗娟而成就了自己婚姻的男青年，他到中年时做出这样的事情不是很有逻辑基础吗？

"《速求共眠》的故事不是一部好电影，可它是一部好电影的根基和土壤。进一步说，如果李撞在北京大学这异情奇恋的故事被我们写出来，我们一个真的演员都不用。我们就用……假设就用蒋方舟来演那个北京大学在校的大学生（尊敬的读者，我们在这儿先不要管这时蒋的错愕和反应，不要让她打断了我们的故事和叙述），我们用刘震云来演那个河南的农民工（我怎么会把这个机会拱手送给震云呢？他只是我的一个幌子而已。别忘了，我的目的是集编剧、导演、演员于一身，要拍一部世界上最伟大的作家电影呢），而故事中的其他人，我们也一个职业演员都不用。我们全部用非职业演员——既然李撞在北京大学的天壤畸恋是真人真事，那我们就把它拍成纪录片样的艺术片，让艺术回归全真实、回归实生活，回归生活本身最真实的一切；当中国电影在艺术上愈杂碎，票房愈黄金的时候，当虚假矫情将成为中国电影的大势时，我们将最真实的艺术回归到横拦在中国电影虚假、轻浮的游戏前，难道这不是我们这些真正爱电影、爱艺术的人该做的一桩事情吗？

"不是一桩最有意义的事情吗？

"怎么就会料定我们拍不出一部带有中国电影革命性的片子呢？

"怎么就料定最伟大的艺术和最黄金的票房不能在一部电影中同时存在呢？《罗马假日》《飘》《教父》和《辛德勒名单》等，不是一再证明票房和小金人同为一家吗？"

说到这儿……是一口气说到这儿，我才停顿了一下子。若不是想要喝口水，我就还将说下去。我非常想就电影的艺术与票房的统一可行性，做一次长篇大论的演讲，就像有时文学让我的神经错乱时，我在国内外带有巨大冒犯的演讲样，滔滔不绝，口若悬河。虽然讲到最后自己也不知道自己讲了啥，但讲话时的快感的确和做爱一模一样。然而说到底，我没有那样讲下去。理性如缰绳一样让我在口若悬河中勒住奔马了。做爱一样的口液喷射应该在那革命性的电影拍完后，而非在这个刚刚起步，一切都还未真正开始的 6 月 13 日。停下我的话，如紧急关了放开的水龙头，我把目光再一次都搁在他们四个人的表情上，如同用目光去收获表情的春色般。

他们都为我说的中年农民李撞爱上北京大学最漂亮、最有才华也最有前程的女大学生的故事吸引了——李撞，就是《速求共眠》中，那个在三十几年前，因为考学不中，退学在家因无所事事，就在皋田镇皋田村的泉水边强奸了一个十四岁的同村少女的那个人，在三十几年后，他又在北京大学因为打工，爱上了一个中国南方的漂亮大学生。人生就像一堆狗屎上的花，或者是一片花草枯落后的荒野垃圾场。一切想把美丑分开的人，实在是蠢得和猪一样。谁能把爱情和性事分开呢？如果没有对性事之欲望，爱情的动机在哪儿？如果纯粹为了性，“爱情”两个字和“狗屎”还有什么差别呢？世界上除了我，谁都没有能力把农民工李撞和北京大学女大学生的情感纠葛说清楚。除了我，也难有哪个作家比我这样对李撞这个人物和其人生更有兴趣了；也难有谁可以把李撞的人生命运整理得墙是墙、砖是砖，如壁画一样让人一目了然又言犹未尽了，不得不跟着我的叙述而追根溯源、刨根问底了。

顾长卫脸上刚才的厌烦和不安，现在完全（好像）被李撞和女大学生这段不可能又确实发生的故事吸引了。有一种浅浅的会意和惊喜的微笑，如他在庸俗的KTV听到了深埋在心底的歌声样，旋律中那微红、淡黄、毛茸茸的光亮，伴随着他的笑容浮在那张总是从容而又隐含忧愁的瘦脸上。而出生在新疆乌鲁木齐的杨薇薇，则完全被这真实的故事惊着了，火辣辣的灿然像焦在她的脸上般。蒋方舟和郭芳芳，先前你不觉得她们眼睛有多大，而此时，你才看见她们一旦睁大眼，盯着某个物事和细节，或某段故事的情节和转折时，那些事物、故事与细节，无论多么复杂与宏大，也不过是她们眼睛里的几线眼丝吧。

"具体点，"顾导说，"阎老师，你把你同乡李撞和北京大学女大学生的爱情故事说得具体些。"

其他别的人，也都对"具体"的要求，胜过了午饭过时后对餐桌的那种渴望了。

（很好。真的很好！一切都在我的安排和铺设好的轨道上，虽然有时稍微有些跑偏的事，但很快就又被我拉回到了既定中。）我没有如他们想的样，把李撞在北京大学的爱情故事给他们说得有鼻子有眼，具体到如新婚夫妻在床头、枕下准备的避孕药和避孕套的产地、厂家、生产日期和有效期及使用方法、注意事项、快感程度和副作用的可能等。（难道他们渴望的具体不是这些吗？难道还有人的纯粹与高尚能如晚霞云中盛开的牡丹花和奔驰向前的白龙马？）我没有满足他们这种带有性饥饿、窥阴癖般的对奇恋天然的好奇心和探究欲，而是如给他们分发《速求共眠》那部小说样，取出手机，把"收藏"中一个微信号上的奇闻故事，群发到了他们各自手机里的微信上。

"看看吧，"我在屋内大声地宣布道，"亲爱的各位老师和朋友，托尔斯泰因为报纸上的一则女性自杀的新闻写了世界名著《安娜·卡列尼娜》，雨果因为听到了一则救赎故事写了世界名著《悲惨世界》，而我们，难道不可以根据这桩真人真事改编成一部伟大的电影吗？”

2

虫凰相爱缘何来，莲花盛开污泥香

（原创）2016-06-13，作者：千风万情

谁能想到，一个来自河南西部山区的中年农民工，爱上北京大学最漂亮的研究生会是什么结果呢？

李撞，今年五十一岁，河南西部伏牛山系的耙耧山脉人，据说是和知名作家阎连科同乡并同村。李撞妻子常年有病，儿子连年高考复读，因给妻子治病与供其儿子高考读书，都需高昂的费用，所以其家境相当贫困，不得不常年在外打工，天南地北，风霜雨雪，无假日，无亲人，五十一岁就如六十余岁样。然而就是这样一个农民工，三年前妻子死去，自己跟着河南一建筑队在北京搬砖提灰，捡拾垃圾，竟然因建筑队在北京大学施工，就爱上了每天从工地前走过的计算机系的研究生李静（真名）。李静身高一米六七，浙江杭州人，父亲为浙江大学教授，母亲为杭州某重点高中特级教师，家庭为中国少见的知识分子家庭，她从小学到中学，勤学爱读，一路优秀，高中毕业时被保送至北京大学计算机系，本科毕业后又被保研在本专业就读，去年以优异成绩毕业后，被分配至北京北四环保福寺桥附近的“231研究院”，为研究院新技术科最年轻的研究员。因其上班时，每天要从母校穿过，

自未名湖北侧到北大东门再到研发设计室。而每天在未名湖边盖楼搬砖的李撞，偶然一次看见李静，从工地前飘然而至，又飘然而去，就一见钟情，为其所动，终于在又一次偶然相遇时，跪下向李静求婚，并答应说如果结婚，他可以为其做牛做马，甚至甘愿为其而死……

事情的结果，可想而知。李静视他为北方农村的一位精神病患者，并不多言，撤着身子走去了。想不到的事情是，这样数次的拦截和示爱，一而再再而三，成了李静的同学们和研究院的同事们的一桩笑柄。为了躲避李撞神经病般的拦截和纠缠，李静从此上班，不再从未名湖边上走过，而是从校外绕道到研究院里去。然而，平静了几天后，有天落日前，李静下班回到自己住的小区门口时，如同六十岁的农民工李撞，竟在她居住的润泽小区门前再次把她拦住了。他手里拿着一把红、黄、绿三色相间的条纹遮阳伞，说："我打听到了你叫李静，就住在这个小区的 2 号楼。你知道吧，这些天我每天收工都在等你和找你。你不从工地路过我像丢了魂一样。给你说，你打红伞不好看。红伞把你的脸变得有点儿黑。你打这一把。这一把颜色亮，让人的脸和在镜里样。"说着他把那把伞朝李静递过去，"我是在中关村大街看了几百个姑娘才发现这种花伞好看的。接着吧，礼轻情意重，接着我请你吃饭给你说点事。"

当然李静没有接这定情礼，她本能地朝后退了一步道：

"给你说，你再这样缠我我就报警了。"

李撞脸上涎着笑："静姑娘，我没有别的想法呢，我就是想单独和你吃顿饭，单独和你说件儿事……你要答应我，吃饭不让你花钱，我再给你一百块钱行不行？”

李静朝前后左右看了看，见有下班的人群朝着他们望，这使她有了一种羞辱感。

“滚！”李静吼着朝小区门里走。

李撞果真取出一张百元的票子追上去，拦在李静面前说：“一百不行，我给你二百呢？”

李静四处望着大叫了：“快来人，快来人！”

这时候，李撞突然在她面前跪下来，从口袋又摸出一张百元票：“给你二百行不行？你别叫，你别叫，我给你二百行不行？！”

李静一耳光打在了李撞的脸上，扭头又对四周的人群唤：“抓流氓——快来抓流氓！！”

故事到这儿，一切的结局都是可以想到的。首都人民哪能容忍一个中年农民工以一把遮阳伞作为定情礼物和区区的二百元人民币作为彩礼就向最高学府最漂亮的女生求婚和示爱？其结果，自然是一群人围上来不由分说，先将李撞一顿口水和臭骂，还有人将耳光和拳脚落在他的脸上和身上。谁都以为，这样一顿打骂也就结束了，没有想到的是，当口水拳脚落在李撞脸上、身上时，李撞竟跪在那儿不躲不动，不张口，不还手，只是死死地盯着人群里的李静，像盯着他自己家的姑娘样。

李静吼：“滚吧你，再缠我我可真的报警啦！”

李撞坚定地说：“我愿为你蹲监去死，你也不愿和我单独吃顿饭，说上一会儿话？”

李静拿出电话拨了110。李静在电话上话没说完警察就到眼前了，因为派出所就在这条街道上。因为李撞刚刚朝李静下跪时，就有居民把报警电话打到了派出所。一切都是可以料到可以想到的。警察到来给了李撞两脚两耳光，用力很大，落下很轻，实指望这种暗示性的拳脚使李撞明白过来后，会求饶道歉然后放了他，可警察没料到，李撞会对着他们极为不满地吼：

“你们警察还打人啊！我对她是真心，连害她的一点意思都没有，你们为啥一上来就要知法犯法打我哪？！”

故事就是如此。当一条虫爱上了一条龙，一只蟑螂向凤凰表达爱情时，世界会有怎样的反应呢？人民和群众，法律和道德，难道能不为此情愤怒吗？李撞被警察带走了。被派出所的人民警察视为犯有骚扰女性、危害社会治安罪而在派出所里拘留三天并罚款三千元。但故事的奇葩和反转，并不仅仅在于一个来自河南的中年农民工，向北京大学的女生示爱和求婚，被公安刑拘并罚款，而在于李撞被刑拘后的第三天，李静姑娘竟到派出所替李撞交了罚款三千元，写了事情经过并替李撞写了保证书，把李撞请到一家饭店单独吃了饭，谈了话，从此二人成了父女（情人）般的忘年交……

“朝云漠漠散轻丝。楼阁淡春姿。柳泣花啼，九街泥重，门外燕飞迟。而今丽日明金屋，春色在桃枝。不似当时，小桥冲雨，幽恨两人知。”

宋时大词人周邦彦善写奇情别恋，最能体味情中苦涩。不知这位字美成、自号清真居士的大情种，今日相逢李撞与李静这段蟑螂与凤凰的异情故事时，该怎样感叹作诗，兴赋填词。而笔者对这虫龙蟑凤的爱情故事，实在匪夷所思，更不能理解貌美才众的李静，何以会去派出所赎救出神经病似的中年农民工，与他独饭独见，相谈相交，并彼此相爱。笔者到派出所去采访当事警察时，王强（化名）警官看了我们的记者证，只对我说了一句话：

“没什么好采访的，那个李静姑娘也是读书多了，把自己读成了一个神经病。”

笔者电话采访李静时，李静拒绝采访，唯一对笔者说的一句话是：“请你们不要打扰我的私生活！”

写到这儿，笔者不禁要求教微信平台的各位看官，你们说他们怎么能够相爱呢？怎么可能相爱呢？谁能把他们彼此相爱的逻辑、情节、细节与心理告诉我？

如果关心人类爱情、关心“千风万情”的请扫下方二维码：

（二维码标志）

阅读：101912　投诉

精选留言

写留言

zhang zi：

我靠，世间无奇事，何为大世界。

山里人家：

世间最好的婚姻，都是最奇葩的爱情。

海边人：

果然蟑螂得到了凤凰吗？

电影好观众：

多好的电影故事呀，第五代，上！！！

最努力的作者：

文中周邦彦的词用得牵强附会，作者“千风万情”也就是一生努力做个“作者”的角色而已。

南方客：

我真的是个南方人，李撞无非是个北方猪，李静你千万别忘了你是我们南方的一株水仙花，你让那猪嗅一下，我都感到我浑身都是臭味儿。

……

3

这则微信故事，让“レストラソ”包间里的他们都感到一个好的电影剧本就在眼前了。“我操！”——这是大家看完蟑螂与凤凰的奇葩之爱后，对那故事共同的感受和表达，如共同看到一朵牛粪花的美。至于李撞为什么会爱上李静，并敢于向李静表达爱，而李静又最终答应与他约会（这就是一部电影中相爱的开始），那些最为不可思议、不可解喻的东西，才是一部伟大电影最意外的伏笔和反转之神性。

“怎么可能相爱呢？”顾这样问我时，脸上的笑如冬日里的暖阳般。

“看了纪实小说《速求共眠》，你不觉得李撞没有什么事情他做不出来吗？”我说，“就文学人物、电影人物而言，再也没有一个人物，能像李撞这么丰富、奇特，让人难忘了。”

“李撞可以这样做，”方舟看了大家一会儿，最后问我道，“不说真实的故事，可回到文学、进入电影后，怎么能让读者、观众相信李静也爱上了李撞呢？”

这是所有的文学症结之所在，也是这个故事最迷人的地方。大家都把目光移到蒋方舟的脸上去，移到杨薇薇的脸上去。因为她们一个是刚从清华大学走出来的女学生，一个是刚从传媒大学毕业的女学生，经历和年龄与那李静都相仿。于是间，就都问她们，在什么条件下，她们才可以爱上又老又丑，又没钱、没文化的李撞这样的人。她们当然说打死都不会。可她俩又都说，但作为电影、作为艺术如果完成了这种可能或者不可能，那将是电影故事中最为独有的人物矛盾和关系，最独有的爱情之圣曲。并说在一定程度上，这一爱情之圣曲，丝毫不比《巴黎圣母院》中爱斯梅拉达和驼背的敲钟畸人卡西莫多的相爱更扭曲、更动人，更叫人不能相信、不能不相信而终生难忘。说世界上所有的爱情，都与门当户对和天生相配无关，而那些真正匪夷所思的奇恋，才是人类爱情之伟大的法庭见证。作家与艺术家，他们在生活中大都追求唾手可得的俗世滥情，而在艺术上，却追求不可能的扭曲之爱。这也就是所有小说和电影中对男女之爱最为着力的极美之处。《茶花女》《安娜·卡列尼娜》《杜十娘》《罗马假日》《埃及艳后》《魂断蓝桥》《钢琴课》《霍乱时期的爱情》等，大家列举了电影与小说史上最为动人、最为独特的爱情故事，以佐证李撞与李静的爱情（如可能）将会是世界电影史中又一个最不可思议的伟大故事。

顾："可是，他们怎么可能相爱呢？"

我："这是我的事。如果完不成这种不可能，世界上还要作家干什么？"

顾："能说一点可能吗？"

我："我从来不把要写的故事提前讲给任何人。"

顾："除了他们的爱情外，这个故事别的人物呢？别的意义呢？"

"当然有。"我说这个故事中别的人物是谁，都必须等我写完电影剧本才知道。别的意义，也需要等我写完才知道。但目前从这个故事里，你们难道体会不到除了那惊天动地的爱情外，还有以下几种意义吗？

1. 这个故事尖锐地反映出了中国的贫富差别、文化差别、南北方的地域和乡村与都市之差别和矛盾，而李撞代表的是穷、北方、乡村的无文化；李静代表的是都市、富裕、高教育和中国之南方。

2. 反映出了中国经过四十年的改革开放，人的精神裂变和观念的天翻地覆。为什么李撞敢于向李静求爱，而李静又能够接受这样的爱情？这也正是所有人想要从电影中看到的中国人的精神之实在。

3. 因为故事发生在北京和北京最著名的高等学府，它将折射出中国的社会制度、教育状况、权力影响及老北京的文化对人的灵魂的侵蚀和滋养，或者是折射出国家的精神裂变在具体的个人身上的突出表现。

除此之外，我又说了很多这个故事的可能之意义。有的大家完全赞同和支持，有的则遭到了强烈的怀疑和反对。但最终达成一致的共识是：一是这个电影非常值得做，大家都希望尽快写出剧本来；二是在电影的名字上，大家讨论了《北大之恋》《中关村之爱》《李撞与李静》等诸多电影名字后，最后一致决定，还是暂定《速求共眠》好（这个是我坚持的。电影与小说的名字一致，是所有作家的作品被改编电影后他从不忽略的蝇头小利）；三是要尽快写出剧本，就必须尽快地采访李撞、李静和派出所的民警等等相关人。掌握第一手材料，以分析和梳理他们相爱的逻辑、心理和内心的矛盾与纠结，为一个世界上最伟大的电影故事开垦和足备出最肥沃的土地与养分。

就在进行了这些必须的意义与具体实施方案讨论后，最为重要、实在的问题到来了。顾希望我在一个月内完成采访和创作，交出电影剧本的初稿来。而必须有的田野调查般的采访情况是，李撞从派出所出来和李静见面，发展了几天感情后，突然有一天，他的儿子李社（今年二十一岁，在朝阳区做保安），知道父亲因骚扰北大女生被刑拘，他从朝阳区赶到海淀区，见到李撞，二话没说，朝他脸上吐了一口痰，并在他脸上狠狠掴了一耳光（比李静的掴打还要重！）。之后第二天，李撞便不辞而别，回河南老家了。而李静，也因为公司要她出差去上海，顺道回老家杭州了。

“那就到你老家河南采访嘛。”顾导叮嘱说，“可以请方舟到杭州去采访李静去。”

“跑来跑去浪费差旅费，”我笑了一下说，“别电影没开始，先花了一大笔。”

“这个你别管，包括剧本的合同和预付金，今天回去我就让工作室抓紧处理和你签合同。”这些话是在大家饭后离开日式餐厅——那时已经是下午三点多，结账、告别、握手，最后大家都离开包间时，我和顾单独留下谈的。

顾说："阎老师，你说句实在话，这个剧本你准备要多少钱？"

我说："你最多能给多少吧？"

他说："比上个剧本多一些？"

我说："最少翻两番。"

他一怔："两番是多少？"

我默了一会儿咬咬牙："三百万！"

他的脸猛然僵黄了："你今天一天都在开玩笑。"

我说："这是今天一天最正经的一句话。"

"那我也说句正经话。"顾脸色木青一会儿，再开口说话时，满脸都带着讥讽和不屑，"你打听一下，中国有哪个编剧要过三百万？""这个我不管。"我斩钉截铁，话像锤砸钢钎般，"只有你、我知道，我这个电影在中国乃至世界电影史上的意义有多大。一个编剧为一剧之本，可他们得到的报酬却不到一个演员的十分之一、二十分之一……你觉得这样公平吗？而且一部电影公映后，名声也都被狗日的导演、演员们占去了百分之八十多。"

不知道我说这番话时的表情怎么样，只知道激奋如鸡血一模样，在我的脉管里，骂骂咧咧的快感就像领导、老板在下属面前拍桌子。而顾导，这个好人顾长卫，此前一直把我当成兄弟的人，盯着我像盯着一个被发现是冒充他亲朋的人。待我激奋完了后，他把目光扭到一边看了看。"那就先写出剧本再说吧。"轻轻说完这一句，他就阴郁、绝情地转身走掉了。

盯着他高挑的后影，我追了几步唤："可以等我把剧本写出来咱们以质论价，但你现在得先给我一笔预付金。”

他又犹豫一下转回身：“得多少？”

“五十万——你今天打给我，我明天就回老家采访李撞去。”

他又笑了笑：“阎老师，你抢啊！”

我和善又冷冷地说：“顾导演，这个真不多。你们给灾区扶贫不是也经常一百万或者二百万？难道你们艺人就是远亲近仇吗？对那些真正热爱电影艺术的人反而斤斤计较吗？”

静下来。

先一步走出包间的方舟、薇薇们，都在餐厅的人工溪边或桥上站着等我俩。他们回头张望的目光，像在一片塑料树和塑料花的林地看到了真的猴猿样。“你还是那个账号吧？”这是我们那场讨论的最后一句最为实在的话，从顾导嘴里说出来，有着足够轻慢的意味在那话音里。并且他的目光，不再是看我打量我，而是冷冷盯着我。可是我，才不管他的目光和语音呢。一个辛劳思虑种植的季节过去了，该收获的时候我凭什么不收割、收获呢？“账号还是那一个。”说着我还坚硬地点了一下头，然后他就再次扭头走掉了，步子之大，如想要一步从北京走到广州去，就是到了等着他的她们几个面前时，也没有慢下脚步和她们说句话，没有多看谁一眼，就用自己的身子劈裂着她们从她们中间过去了。

chapter 4 采访

1. 李撞

时间：6 月 14 日下午两点三十分

地点：李撞家　院内

人物：李撞和我

环境与说明：五十万元，无论如何都是一个大数目，对于一个作家而言，用两年、三年乃至十年或八年，写一部长篇小说，哪怕它又是一部《红楼梦》，就稿费来说，能挣到五十万元，那是相当不易的一桩事。早知道我说五十万，顾就果真在当天给我汇了五十万，那我应该一张口就要他六十万或者七十万。可是，我的操守没有让我一张口就要六十万或者七十万。说到底，我们都是有底线的人。能要到的就是应该得到的，要不到的就是你的道德以外的。人贵信誉，狗贵忠诚。他那么爽快地给了我五十万，我就不能不快马加鞭地坐高铁回老家为他工作，为我自己工作了。就信仰或者职责说，我敬信那些能在第一时间就到战场和灾难现场做深度采访的记者和作家们。

阿列克谢耶维奇是个了不得的人。

每一个获得普利策新闻奖的都是了不得的人。

我也是一个了不得的人。接到顾的五十万，就决定订票回家了。14日早上八点半的高铁，从北京西站到洛阳龙门站。有了这五十万，我没有犹豫就给自己买了商务座。行程三个半小时，午时十二点就到洛阳了（四十年开放的成果，原来都被高铁抢载了）。下午一点我就到了我的老家皋田镇的皋田村。自然是先回家去见老母亲。在村里，一路上享受着乡亲们给我的荣归故里的目光和问候，到二点二十分，在家里吃完了母亲亲手为我擀的捞面后，二点三十分，就到了李撞家里。

这是一个在村西偏北的旧宅院，十几年前盖的红砖平房已经显得陈旧、破败了。盖起后等待泥粉的墙壁因为漫无尽期的等待，显得更加粗糙和陈旧，破角烂边的墙面，如过早落齿退龈的牙床般。李撞的母亲已经八十多岁了，见我后自然显出我家乡人的热情和惊喜（是不是我的到来让他们家里蓬荜生辉了？），端茶、倒水、让凳子，还取出一碗花生放在院中央的小桌上。

而李撞（真的是过早显老的中年人），刚过半百，就像六十几岁样，多皱的方脸上，穿过厚极的枯黄，才可以看到皮肤里深埋着的肌红，但他那警觉的，很长时间才眨巴一下的双眼里，热情和精力，确是掩盖不住、躲藏不住的。牙齿都是泥黄色，和他的皮肤相当协调和一致。一米七几的高身子，有点瘦削但有一种憋不住的力量在那筋骨里。和我握手（还握手）时，他手上的茧刺挂着我的手心如挂在绸上样。他穿着在北京大学商店买的印有“北京大学”四个字的圆领白汗褂，一个我们村很少有人穿的前后有着六个口袋（大口袋上边还有小口袋）的灰色制服裤，时尚得就像民国时期人们镶牙一定要镶纯金门牙样。看见我他先是怔一下，随后就脱口而出道：

“连科，你跟得好紧呀！”

我把从我家门口小店买的一箱三元牛奶和一箱康师傅方便面朝他递过去（这是我老家见人送礼最常送的实在货）。他接了，还说：“你这样破费干啥呀！”可接着，经过寒暄与应酬，我们在他家院内坐下后，有两只母鸡走过来，他剥了两颗花生喂了鸡，又把他八十多岁的母亲打发走掉了。

我看着走去的老人的背影，有一种莫名的对人生的感慨升上来（这个在三十几年前为儿子的强奸犯罪提心吊胆，结果却迎来了一房好媳妇的老人，在这几年里，她的老伴谢世了。那个对她百依百顺、勤劳贤良的儿媳苗娟也在三年之前离开了她，离开了这个家，让她的儿子成为鳏夫了）。出门时她把院落大门随手关合着，就把她的人生和我的思维割断了，把我和她的儿子（还有两只鸡）圈在了另外一种人生里。

如此的，对李撞的采访就这样在意外的顺或不顺中间开张了。

李撞——

"我知道你从北京追着我回来干啥儿。"是李撞首先开口说话儿，声音粗哑，不高不低，但语调像他在工地搬的砖样有棱有角，硬硬坚坚，即使堆成一堆也还显出一砖一块的齐整和边沿。

"——我知道你想采访我。你想写我和北京大学李静姑娘那事儿。你想把我和李静的事儿写成文章挣钱吧？

"对你说吧连科弟——我比你大一岁，你应该叫我哥。可你仰仗你是作家，有头有脸，在咱们村你每年回来见到我，从来没有叫过我一声'哥'。你和别人一样瞧不起我。在大街上见到我——细想想，算一遍，这几十年你都没有叫过我一声'哥'。几十年你都叫'李撞'，几十年你都直呼我姓名你知道不知道？你从来没有觉得吧？那是呀，你已经不是从前那个皋田镇皋田村的连科啦。小时候，你和我一块去放牛，星期天到后山坡上你的牛丢了，是我跑几里路把你的牛给找回来，还又替你把一篮子草给割得满满当当，这些事情你都忘了吧？

"现在你弄大了哩，你当然不记得啦。

"每年过年县长、书记都到你家来拜年，你哪儿还管村里娃儿时候的事，还管这鸡屎种菜、牛粪当柴时候的事！人家说，你不光在咱县有名声，在省里、北京都有一把名声呢……弄大啦！大得压根儿瞧不起村里的人和村里的事情啦。听人说，你写的文章没有一篇是说咱们村人、镇人的好，全在卖咱村人的孬。你是靠卖咱村人的孬处换了名声的。靠卖中国的孬处才有名望的……真是这样吗？这不是我说的，是别人说的呢。我在村里、县城都听人这样说过你。在北京也有人这样说过你。

“有一次，你在北京大学讲课呢，因为是你讲，看见墙（海）报我就换了衣裳和皮鞋，过年样穿得洁素齐整，混进了那个会议室。在最后一排的墙角上，听了半天你讲话，也没听懂你到底说了啥。可我听我前边的学生把你议论了，他们也说你是专揭中国的短处才有了名声的。

“真是这样吗，兄弟？

“兄弟，今天你来不是为了来揭你李撞哥的短处吧？要是了，咱兄弟就无话可说啦。你走你的阳关道，我走我的独木桥。要不是，咱俩还可以在我家里坐一会儿，拉拉家常说说闲话儿。可你得直直正正告诉我，你到底是不是想把我和李静的事儿写成文章才来找我的。

“对啦，对啦——有一桩事情过去了二十几年，我忘得精光精光，现在又忽然想起来。想起来我就应该问问你。人家说——我是听人说的呢。谁说的我也忘了呢。想起来我也不会告诉你。人家说，二十几年前，你那时候还在部队握那笔杆子，现在你是在那人民大学吧？教授呀！真的弄大了，教授的工资那可不是小数目。还说二十几年前的事。二十几年前——人家说，那时候你把我和你嫂子苗娟的事情编成故事写成文章啦？

“真是这样吗？

“到底有没有这回事儿？！

“人家说——看了那故事文章的人告诉我，说你把我写成了强奸犯。说我是在村外泉边强奸了你嫂子苗娟的。说我强奸后，怕蹲大牢，吓得不敢回村躲到外村我姐家，直到洪文鑫老师出面说和谋划事情才了结。说你的文章故事里，写你嫂子苗娟被我强奸后，在家里哭得死去活来，她家人怕坏了名声一辈子嫁不出去，我家人怕苗家人告状把我关进监狱里，在这两怕里，洪文鑫把我爹和我老丈人叫到一块吃顿饭，一谋划，就决定让我娶了你嫂子，这样就皆大欢喜，坏事变成好事啦……真是这样吗？你真这样写的吗？你不会这样没有良心、没有德行吧？我和你嫂子是从小定亲，两相和好，这全村人有谁不知道！连科呀——连科兄弟呀，这事儿你回去问你娘。我结婚时候还是你娘做的挽媳妇的事上人。我和娟娟那时候都到了年龄上，我俩在村外偷偷见个面就叫强奸吗？她回家大哭是因为她头疼才哭你咋就写成是因为我强奸了她她才要哭呢？知道吗，连科兄弟呀，你想想，不是我坏了她名声，是你编故事坏了她名声。坏了我名声。坏了我们全家名声呢……到现在，你写文章坏我家名声这事都二十几年过去了。我想发火也发不起来了呢。可眼下，咱兄弟坐到了一块儿——几十年来你是第一次主动到我家里坐一坐，还给我老娘提了三元奶和康师傅。为这奶和康师傅，我啥也不说了。你就告诉我你真的写过那样的文章故事没？

“在那文章故事里，你是真的那样写我强奸吗？

“实说吧，兄弟呀，你就给你哥说句实在话。如果你真的那样写——反正，咱们这儿也没人能看到你写的故事和文章。咱们这儿都看《还珠格格》和《白蛇传》，还有《射雕英雄传》。你写的啥都没人稀罕、没人看。就像喜鹊在门口树上叫一样，听起来和乌鸦的叫声不一样，还有些喜事、喜讯夹在那叫声里，其实呢，其实你仔细想，乌鸦和喜鹊都是一类货。都不是他妈好鸟儿。都是偷吃果子、粮食的鸟货儿！所以说，我不在乎你在那狗屎文章里写我强奸不强奸，何况你嫂子娟娟也都死了三年啦，想在意她也不能在意啦。但你得给我说句实在话，你是不是真的写了那文章、那故事？——因为我还有娃儿哩。我娃儿——你侄儿李社今年又考大学啦。刚考完。

要考上大学了，他一辈子也是要在外面世界混事儿，要在外面闯荡世界呢。他要看见那文章、那故事咋办呢？他边上的人看了你编的故事都当成真事咋办呢？！你为了挣钱——你们叫稿费——润笔费——你为了稿费、名声你让别人咋过呢？你让你的侄儿李社日后咋样读书混世界？

“所以说，连科呀，你给我说句实在话，你到底把我和你嫂子的事情写成文章没？把我们写成好人还是坏人啦？咱眼下先说那件事，再说你今儿来的事。

“告诉我，你写那文章它叫啥名儿？在哪能找到、买到？我让你侄儿看一看，给我念一遍。告诉我，你写那文章挣了多少钱？告诉我，到底能挣多少钱？你就不念咱们这同村同土的老情谊，要把世界上所有的屎盆子都扣在家乡人的头上去。都扣在我的头上去。都扣在你嫂子娟子的头上去，让她死了还背着坏名声。让你侄儿李社活一辈子还那么年轻就开始背这坏名声。

“说吧兄弟，你到底挣了多少钱？那文章它叫啥名儿……今儿天，都是我在说话儿，你来找我你还没说几句。现在轮到你说了。你说吧，现在你说我听着。

“说吧你。你说我听着。先说那件事。说完了我再让你知道我在北京和李静这档子事。这档子事情奇得很。写出来准是好文章。好故事！写成书能卖很多钱。可你得先说说你那文章里编我强奸你嫂子那档儿事。

“说吧你。轮到你说了。你看日头都西偏到一拽就会掉下来，轮到你说了。说吧你！”

……

2. 洪文鑫

时间：6月14日夜八点十分左右

地点：洪文鑫家室内

人物：我、洪文鑫老人、他老伴和他大儿子。

环境与说明：洪家的上房是新盖的两层楼，客厅大而亮堂，雪白的墙壁上，左面挂了巨幅彩色八仙过海图，右边挂满了各种镜框和奖状。镜框里是他们的全家福和他孙子、孙女天真、纯朴的彩色照。各种奖状是他孙儿、孙女们读书的成绩喜报和获奖证书啥儿的。正屋的墙壁上，贴了三幅领导人的巨幅像，分别是毛泽东、邓小平和习近平。在这些像下面，是他们苗家祖先的牌位和遗像，其中最新、最边上的遗像就是洪文鑫的老伴儿，刚刚下世三个月。白色的对联都还贴在他家门框上。

他的大儿子，那个三十几年前，第一个在村头泉边发现李撞强奸苗娟的洪家大儿子，有些傻痴症的人，而今完全没有丝毫的痴症迹象。他实际年龄比李撞大几岁，却看上去比他小许多，人如刚步入中年的壮年样。看着我和他父亲洪文鑫老人说话儿，他怀里抱着邻居家放在那儿的一个男孩始终不说话，始终都在笑，只是不断起身倒水给我和他父亲续着水杯子。

洪文鑫老人——

“连科侄儿啊，谢谢你到我们家。你喝茶。要不要在茶里再放一

勺白糖啊？咱们这儿现代啦，待客不光要泡茶叶水，还要在茶叶水中放白糖。不过我知道，你们外面人都怕糖尿病，尽量不吃糖。你喝吧，是绿茶。当年茶，算新茶。谢谢你每年回来都到家里坐一坐，还总是不空手，不拿这个礼，就送那个礼……

“李撞家的事，我想想，你别急。要他爹活着就好了。李撞很孝顺，怕他爹。你要问啥李撞他不说，他爹要让他说他就得一五一十告你啦。可他爹下世了。死时六十五。恶绝症。李撞为给他爹治病房子盖了半截就停啦。你看见了他家的房子吧？原是准备盖两层楼房哪，正盖着，他爹检查出了恶症啦。是肺癌。一知道是癌症，李撞停下正盖的楼房就去给他爹看病啦。花了十几万，到现在还欠四邻八村的亲戚很多钱。人死啦，房也没有盖起来。有人说人财两空、鸡飞蛋打……啥话儿！道德呢？仁孝呢？虽说人财两空啦，可李撞的孝心昭然天下啊。可别看李撞出门一身都是怪脾气，莽撞人，但他对家人那个好，那可没说的。爹死啦，媳妇又有病，啥病没人说得清。县医院都没检查出来呢。洛阳的人民医院也没检查出来呢。那媳妇——娟娟是我看着出生我看着长大的；我看着她嫁给李撞的。她一辈子都病病恹恹，从来没好过。也许是李撞上辈子欠了人家苗家的，这辈子他该还人家。谁让他年轻时候在那村头泉边欺负人家娟子呢。欺负了那一次，他就该还上一辈子！老天他是长眼的。每天都睁眼看着人在做啥儿，谁欠了谁的账，谁还了谁的账。别以为现在世道变化啦，良心账就可以不还啦。老天不答应！老天每天都睁眼看着人世哪。人在做，天在看，这是古人说的话。古人说得有错吗？李撞是孝子，结婚以后也是好男人。但他要说他年轻时候没有欺负人家苗家的姑娘你让他来对我说。

“他对我从来不敢这样说。

“他在我手里有短处。每次见我脸上都是挂着笑——‘洪老师’‘洪大伯’，见我老远他都这么叫着我。年轻时，见我他还会羞惭地低头绕道走。绕不过去了，还会轻声说一句：‘洪老师，我不是人。可你让我做成了人。’要说我算是他的恩人呢。可时间长久了，你也不能天天让人家把你当成恩人呀。我老啦。人家都成家立业啦，只是媳妇每次怀孕都流产，怀孕都流产。结婚十几年都没生成一个娃——第一个娃儿倒是生成了，取名叫李社。可那娃儿不到三岁有病夭折啦。后来他们李家为了念记那娃儿，生的娃儿都取名叫李社。娃儿一生没有呼吸的，也都取名叫李社。直到现在这个李社活下来。算一算，这可能是第四、第五个李社了。也算是老天惩戒他李撞吧。活该惩戒他。谁让他造孽造在人家那么小的年龄上？不过老天终归还是睁着眼，最终让他家有了一个活李社。还让那娃人性好、学习好。虽然连考几年没考到大学去，可那娃儿有志气，考不上了还要考。我想总有一天那娃会考上大学的。要是我教他，也许他早就考上了。可那娃上学前我都不再教书啦。都是老天安排的，没法儿……现在还说李撞的事。其实自己说这半天都在说李撞。都是在说他家的事。如果有一天我说连科侄，你要写他了，你不能把他当成坏人写，他身上有很多善良别人都没有……比如说……比如说……比如说他爹活着养过羊，过年李撞杀了一只羊。杀那只羊时那羊望着李撞掉了泪……从此李撞就不再杀羊啦。那年过年他也没有吃羊肉……不过呢。李撞他也怪得很，身上有正气也有邪性儿。他不再杀自家的羊，他杀别家的羊。他爹还养羊，每年过年时，他把他家的羊送给别人杀，把人家的羊牵到自己家里杀。换着杀。换着杀也还是个杀。可毕竟比自己杀了自己养的好得多。比如说……

“比如说……真要问我具体的，倒一下把我问住了。总之说，李撞是好人，最多身上有些邪性、有些怪东西……可他终归还是个好人哪！咱们村其实都是好人哪。全世界都是好人哪。比如说，家家都过得富富裕裕，吃穿不愁，和共产主义样，谁还去做那坏事犯罪呀。谁不知道在家里温温暖暖、舒舒服服要比监狱好！所以说，满天下都是好人呢。有坏人只是我们不知道那坏人为啥坏。不知道坏人有啥儿经历、经过让人坏了呢。人之初，性本善。性本善嘛——这是古人和老天告诉我们的话……咋儿啦？李撞在外边又犯事儿啦？

“不犯事儿你会从北京追到村里采访他？

“他一定又犯事儿啦。

“不过我想也不是啥儿大事吧。如果是大事，追回来的就不是你连科，一定是公安、警察和派出所……

“可能是一桩奇事吧？对了呢，你们写作编故事，对奇事、怪事最有兴趣。一定是李撞在北京有了一桩千奇百怪的事。他不讲，我能让他讲——连科侄儿你听我的话，大方些，给他塞些钱，让他把他的奇事怪事卖给你。给点钱他还有什么不讲呢？五十不行就一百。一百不行就二百。坐那儿说会儿话，聊聊天，说些自家经历过的事，还得上二百、三百块，还有啥儿不讲呢？有谁会不讲呢？除非是杀人、放火、偷盗、强奸的秘密不能讲，别的你给钱有谁不讲呢？有啥不能讲给你？你图名，让村人们图些利。人家说你写了一辈子，写的都是村里的事，既然这样你就该给村人花些钱。这不是买卖，可它是礼节。知恩图报是咱中国人的美德呢。滴水之恩，当以涌泉相报——连科侄儿啊，如果我是你，就把挣的稿费拿出一半给村里建小学，或者弄个基金会，专给村里七十岁以上的老人办个敬老院……听我的，没有错。我教了一辈子书——半辈子。半辈子过的桥比别人一辈子走的路还长。经验告诉我，只要舍得花钱，就没有办不成的事。广告上说的‘舍得’——是个酒广告，可那话是唯一一句今人比古人说得好的话——只要你舍得钱，就没有李撞舍不得讲的话。一百不行给二百。二百不行给三百。三百再不行，你给他五百块！凭空说话让他挣五百，他有啥儿不讲啊！在北京、在广州、在深圳，他搬砖提灰，累死累活，一天不也才挣上一百嘛……

“对了。你就给他五百块！你们写文章的讲究……讲究……讲究生活呢。既然文章靠生活，就给生活五百块。给他李撞五百块。给他五百说不定你能挣一千。说不定你能挣两千。最后算算赚的还是你。又有名，又有利。有名有利你为啥不大方一些呢？就给他五百块。给他五百和他李撞聊会儿天，我就不信他李撞不把他的故事讲给你……”

……

“就走了？不再坐一会儿？”

……

“那我不送了……慢些啊！天黑你慢些，今夜儿连个星星也没有……听我的，你就给他五百块！给他五百块他会把心掏给你……”

3. 李撞

时间：6月15日上午九点十分

地点：李撞家院内

人物：我、李撞和他的老母亲

环境与说明：是阴天，但也不是那种阴雨天，只是雾雾霾霾，空气中有一股焦燎味。那时候，北京的霾天已经严重到人人上街戴口罩。大街上的霾空中，噘着猪嘴的白口罩，像无数的半圆幽灵在空中晃动着。可我家乡的人，只知道世界恶变了，晴天越来越少了，但没有人能理解霾天是个啥样儿。我说："半个中国都是雾霾了，空气中有种含毒的颗粒物。""有毒才好呢。"村人们说，"空气中有毒多好呀，要死大家一块死，要活一块活。"我便无话了。更不好追问连六月初夏我老家为啥也有雾霾天。就和李撞坐在那霾院里（反正屋里也和外面一模样。不光李撞家，村里家家门窗封闭都不好。风俗又是家家白天不关门）。所以我们就坐在屋外院落里。

李撞他娘在灶台收拾锅碗，洗洗刷刷，叮当声带着久违的亲切和民间音乐样。门外不断有人走过去，多会扭头和我打个招呼啥儿的。我说把大门关上吧，李撞说："关啥呀关，我俩又不偷。"然后又朝我放在他面前小桌上那个厚厚的信封看了看。

"五千太多了。"他又一次这样郑郑重重地说，像他如果要了那袋里的五千块，就贱了人品、显出贪欲了，就有些讹诈、有些欺骗、有些借机落井下石的嫌疑了。"你再拿走三千块，我最多要两千。"说着他去把那信封拿起来，要把那钱重新还我三千块。

我把他的手抓住制止在了半空里。

"撞哥，我比你挣得多。还有你和娟嫂那事儿，我确实写成文章过。挣的稿费比这多。"

他怔怔地盯着我。

“对不起，算我给你和娟嫂的一点歉意吧。”

他把胳膊从空中抽了回去啦。静一会儿，又自己去关了院落门，回来坐下默一会儿，点了一根烟，话就如乱麻中的头绪一样扯开了。

李撞——

“无论如何，五千还是太多了。我在外打工，很少有一月能挣五千过……既然你真心，那我就昧着良心把你这钱给收下了。我也不白收你的钱。你想采访我，那我就随便你采访。想知道啥儿我就给你说啥儿。我不让你白花这五千块。

“你想知道啥？我和李静那事儿？那我就直说啦——我知道手机上有人把我和李静的事儿写成文章啦。那文章——尽是他妈瞎扯呢！你想想，我这个熊样儿，农民工，年龄能做李静的爹，你说我会去找人家李静求婚吗？

“压根不是那么一回事。我要知道是谁写了那文章，逮住他我撕烂他的嘴！剁了他打电脑的手！我的手机上看不到那文章——老手机，诺基亚（他掏出已经磨掉漆的诺基亚手机给我看了看），一百块钱在咱皋田镇上买的货。可工地上的年轻人，一月挣他妈三千块，都敢拿六千买个苹果手机耍。他们把那文章看了呢，还念给工地上人们听。他妈的，工头也听了，哈哈笑笑还朝我屁股上踹一脚。‘癞蛤蟆！’工头他骂我。我他妈真想拿起一块砖头拍在工头的脑门上！

“可是咋敢呀！

“拍了他我也得蹲监狱。蹲监狱我老娘谁养活（他朝厨房那儿看了看，老人家正在那儿抓了一把玉米喂鸡子）？还有娃子李社咋办呢？

“不敢咋样包工头，我就想去揍一顿那写文章的人。谁写的？谁也不知道。要知道，我能告他个诬陷罪。可法院谁理咱这鸟事儿？一个农民工，名誉就像大街上扔的破鞋样，谁都可以上去踩一脚。汽车司机看见都懒得转一下方向盘。

“名誉臭了。工地上人人取笑我，我就从北京回来啦。

“人过留名，树过留影呀——这道理我能不懂吗？压根儿不是那回事。虽然你嫂子走了，我没媳妇了，可我宁可去找寡妇睡，我也不会去找人家北京大学的漂亮学生呀。你知道不知道，北京郊区有专门让农民工解决那事的老寡妇……我是听说的，可我没去过。真的没去过。我的意思是，我急了可以去那儿，不会把主意打到人家北京大学女生的身上去。何况是李静，研究生，又漂亮，南方人。后来我知道她是杭州人。上有天堂，下有苏杭嘛！我咋就会打人家李静姑娘的主意呢？！

“这事得怪麦子那死货。麦子你认识吧？你当兵离开家时他还没出生。可他爹你知道，村东罗木匠家的大娃子。这个罗麦子，这个死娃儿，学习不好，老早就下学打工，走南闯北，见多识广，一肚子都是坏主意。那一天，就是我出事的一周前，工地上热得和火炉样。那一天，我俩正在楼上搬砖运灰——咱他妈笨，一辈子打工都是当小工，做苦活——那时候李静姑娘又从楼下走过去——一年多，整整一年多，她每天上班都从那工地前边走过去。我想她是贪那未名湖边的树荫和水才每天都从那儿走过的。走多了，就让人给记住了。又总是打一把红的太阳伞，和日头从阴天、黑天露将出来样。

“那一天，她又从未名湖那儿走过来。又到了工地前的小路上。麦子就一脸赖笑爬在脸上说：‘撞哥，你看下面那个姑娘漂亮吧？’

也是我不好，他一问，我就顺着他指的方向朝着楼下看。看了还朝麦子胸上打了一拳头：‘咋，动心啦？’我问麦子说。

“麦子一脸赖笑着：‘要叫你睡你睡不睡？’

“我又朝他胸口打了一拳头。

“这麦子，他竟收了笑，忽然对我说：‘他妈的，城里姑娘一定和咱农村的睡着不一样。我说李撞哥，你要能替咱农民和她睡一觉，花多少钱我都替你出！’

“‘让人家和咱睡？’我说，‘你哥真的没有那本事。’

“他又说：‘只要你能和她约个会，请她一块吃顿饭，饭钱由我出，我再给你一千块。’

“我没有说啥话，盯着麦子看了看。以为他是开玩笑，可他脸上的正经和城墙一样厚，和城门一样庄重呢。我没有说啥话。没说话，其实我是动心了。可麦子以为我不敢，以为我是犯㞞了，忽然又说道：‘能和她约会一下子，不吃饭，你们两个哪怕只在路边一人喝杯凉汽水，我都给你两千块！’

“他奶奶，一下就又涨到两千块。你知道，在工地上累死累活，人和牛马一模样，一月才挣三千多块钱，刨去吃，刨去抽烟电话费，有时候再花钱喝瓶啤酒吃根火腿肠，一个月下来难落两千块。可这会，只要能和那姑娘约着一块喝杯汽水就有两千块——我就答应啦。我怕麦子他后悔，我让他先给我一千块。这个死娃子，流氓货，竟真的先给了我一千块。

“第二天，就是我娃子高考后那一天……过程有些丢人呢。现在想着很丢人，那当儿，我压根就没想丢人不丢人的事。为了钱，那时候我啥丢人的事儿都能做出来。那一天，说实话我是真心想挣麦子那两千块钱呢——那一天，到了那老时候，李静果真又从未名湖的边上朝工地走过来。越来越近，就像季节时令越来越近样，你不抓紧下了那种子，就将错过一季、错过一年呀。错过季节一年就没粮食吃了啊。她来了，我就早早从工地楼上走出来，藏在路边一棵柳树后。她来了，我就猛地闪出来，站在路中央。她愣一下就竖在我面前。

“我说：‘咱俩约会一下吧，你有空我请你吃顿饭。’我直直正正说。现在想一想，要拐个弯儿说话就好啦。

“就这样，她盯着我，脸上说不清那算啥表情，像撞见了鬼样慌忙朝四周看了看，见四周都是人，脸上那表情又恢复到往常一样了：

“‘你是谁？！’她很大声地问，和我是贼样。

“‘我叫李撞。在你们学校干活两年啦。没啥邪意思，就是想让你陪我吃顿饭，不让你花一分钱。’我直直正正、死乞白赖地笑着说。人家斜我一眼睛，就从我面前撤着过去了。

“我又追着唤：‘一块喝杯汽水行不行？！’

“人家回头骂了句：‘神经病！’

“就走了。事情就这样。这时候麦子从我身后走出来，大笑着要我还他给我的一千块。我咋儿舍得还他呀！他的两千块钱我都在我心里派上用场啦。两千块，我才拿到了一千块。那一千还没拿到呢，我咋舍得还他这一千？‘还有明儿呢！’我对麦子吼，‘明儿天我要不能约上她吃顿饭，或者喝杯汽水吃个冰棍啥儿的，我不光把这一千还给你，还再多还你五百块！’你听听，一串儿都是打赌的话。都是气话儿。可事情竟成真的啦。没想到麦子和我一样认真啦。

“‘你要约不上，不多还我五百你是孙子啊！’麦子说。

“我也更加认真了：‘我要约上你后边那一千不给我你是重孙子！’我对麦子吼。

“他就盯着我：‘好！约不上不多还我五百你是我孙子。约上了我不把那一千给你我是你重孙子！’

“事就这么僵住了。

“骑虎难下了。可偏偏后边好几天，人家李静姑娘不知是过星期天，还是知道我们还会缠人家，人家上下班都不从未名湖那儿走过了。我们等呀等，等得眼珠都疼了。上班时间等，下班时间等。功夫不负有心人——几天后的黄昏我们从工地上下来，我去学校门前的沃尔玛里买啥儿——买个球，瞎转悠。沃尔玛里的东西咱哪买得起？就是瞎转悠。这一转悠，就看见李静姑娘从沃尔玛商场出来了。还是打了那把红的遮阳伞，手里提了一兜水果和零食，这样我就跟着她，盯梢一直从北大西门口的沃尔玛，盯到西门南边的胡同里。原来她并不住在校区里。原来她毕业分在北四环一家啥子公司上班呢，买房住在北大西南中关村西小街的润泽小区里。找到她住的地方后，我想那两千块钱我百分之百挣到手里啦。我慌慌张张回去找到死麦子，告诉他我找到李静的住址啦，说明天我一定约她吃顿饭，最少让麦子看着我俩在路边的那儿喝杯汽水或吃个冰淇淋。人家是城里人，咱得请人家吃个冰淇淋，吃个冰棍多他妈没有档次呀。丢咱河南人！

“我让麦子把另外一千块钱准备好，说和她一约会，他就得把另外一千块钱给了我。

“这麦子——也是把我往死墙角里逼。‘好！’他说，‘你也把你那五百准备好，约不上就还我一千五！’

“就是这样儿。整个一夜里，我都没有睡好觉，都想着咋样约上她，第一句话儿说啥儿。第二天，在工地干活都没心思干。上班时，她果然没有再从工地下的未名湖的边上走。下班时，我和麦子就提前溜到中关村西小街润泽小区门前的街心公园里——啥公园，就是几棵树和几个花池子，地场还没有我家院子大。差不多。大也大不了几巴掌。我俩藏在那，落日时分她就果然从中关村西小街的口上走来了。老样子，打个红的遮阳伞，个不算太高，可人还是很漂亮。真的很漂亮！不是咱农村人见了城里姑娘那种笼笼统统谁谁都漂亮。她苗条瘦巧，漂亮得和野草坡上突然窜跳出来的一枝花。那红伞的光亮照在她脸上，就像一早的日光出来落在咱们家的老旧窗上样。——就来了。越来越近了。我手里捏了一把汗。那汗越来越多，像我抓了一把水。就这时，李静快到我近前时，麦子他妈的突然对我说：‘李撞哥，不敢就算了。你别多给我五百块。你多给我二百就中啦。’我知道他是怕我真的挣到他的两千块。他是舍不得他的两千才那样故意给我台阶下。我又瞪了他一眼：‘你看你那㞞样儿！’我骂他一句就从小树林里边出去了，步子快得和跑了出去样……现在我是真的不敢了。可那时，就有那么一股贼胆儿，看见李静到了面前不远处，就冲出去横在人家面前说了那句话：

“‘陪我吃顿饭，不让你花钱我再给你一百行不行？’

“没错儿，就是这一句。这是我一夜没睡想好的一句话。为这句我还偷偷练着说了几十遍。上百遍！可谁想到她不仅没答应，还吓得脸色惨白，手里提的啥儿也吓掉在了路边上……这有啥儿可怕呢？到现在我也没想通，我请她吃饭，不让她花钱，吃完了还再给她一百块，你说这不是一桩好事吗？天上掉馅饼的好事情，可她不仅没答应，还朝后退一步，和几天前我第一次拦她一模样，骂我一句‘神经病——又是你！’就拾起她掉的东西撤着身子要往小区走。咋就能走呢？她走了我不仅挣不到那两千块，还要再赔进去五百块，你说我哪能让她走掉呢！就又横跨一步拦住她，朝她躬身说——是弯腰躬身说，可不是那手机上的文章写的跪下说，是我躬身厚着脸皮求着说：

“‘没时间吃饭，就到前边陪我吃个冰淇淋也行呀。不让你花钱，我请客。吃完了我再给你二百行不行？！’

“看她像是要唤叫，要找人，我慌忙又追着加钱说：‘二百不行三百行不行？！’

“她就果真唤叫了。‘抓流氓！抓流氓！’——我咋就成了流氓呢？心里一点邪念都没有。通过这事你就知道啦，北京人压根瞧不起咱外地人。还有润泽小区住的人，都是北京大学的教授和家属们，都是文化人，一听说‘抓流氓’，不分青红皂白就把我当成流氓啦。不调查，不研究，就都把我当成流氓啦！他奶奶，满大街都写着‘公正、平等、自由’啥啥的，可把我当成流氓时，没有一点‘公正、平等、自由’那意思。恶得很。哗一下就围上来很多人，噼里啪拉都朝我头上、脸上打。朝我身上踢。他妈的，还不是看我是个农民工，好欺负！尽管我去拦截李静前，特意回到宿舍换了一身好衣服，洗了脸，梳了头，穿了现在穿的这双黑皮鞋，可咱咋样打扮也还是个农民工。人家一眼就能认出你是农民工，就往死里打。打得我两眼冒金星。从人群缝里偷偷看了一眼儿，等着麦子来拉我一把呀，可他连个人影都没有。倒是把警察看来了，等来了。直到现在我都没有想明白，你说警察咋会那么快赶到呢？

“派出所确实离那小区门口近，可再近也不能三分钟就刚好赶到呀！

“连科兄弟——你替我想一想，会不会是我一离开小树林，麦子那死货，怕我挣了他的两千块，就给派出所打了电话报了警？我想一准是。百分之百是他算计了我。那家伙，一肚子都是坏主意。可事后，他发誓赌咒说不是他，说他一直在人群替我拉着架，警察来了才躲到人群一边去，怕警察也把他带走罚上一笔钱……

“反正我就那样被警察揪走啦。

“我没有证据证明是麦子报警算计我。派出所离润泽小区门口确实只有百来米。确实太近啦。我应该事前去那儿踩点看一看，知道有派出所就到别的地方拦那李静姑娘嘛。到没人的地方拦她就好了。没想到……谁能想到这事能和流氓、犯罪扯到一块儿；能和滋事、闹事扯到一块儿；还能和和谐北京、和谐中国扯到一块儿……我就是想约李静姑娘吃顿饭，或者请她吃个冰淇淋。又不让她花钱，还再给她一百、二百、三百的，你说她吃了啥亏啦？凭啥儿不答应？

“哎——你说说——连科你说说——这‘约会’的意思是请人吃饭、见面就叫约会呢，还是一说约会，就等于是男女要到没人的地方搂搂抱抱，弄那事儿才叫约会呢？

“……就是嘛！

“我说请她和我约会就是请她吃顿饭，在路边让麦子看着说会儿话，她咋就能把约会想成男女那事儿？咋就把我当成流氓想要强奸她？真想强奸她，我会明目张胆、光天化日，就在那小区门前吗？就在下班人多的时候吗？这道理她咋就不懂呢？还是北京大学的高才生，连人家警察都不如。全中国、满天下人都觉得警察粗野没文化，我这次被抓进去才知道，哪儿都没有派出所的小屋子好。谁都没有警察文明有文化。实事求是说句良心话，人家警察根本没有把我当成流氓看。对我好得很！除了刚到那小屋有个警察在我后背上猛地推一下——不是打，就是推了一下子：‘蹲那儿，反省反省——也不想想你是谁，北京大学的姑娘你也敢动心，那是你能爱的吗？！’你听听，人家没说那是你能‘弄’的吗，人家说那是你能‘爱’的吗，我一听说那个字——以前一听说那个字，就觉得牙根又酸又痒的。可那一会儿，一听说那个字——‘爱’——‘那是你能爱的吗？’我的心里就暖啦，就知道我没有啥儿大事啦。果然，人家没打我，没骂我，就让我蹲在那间小屋里——屋里有张长条凳，蹲累了我起身去坐在条凳上。进那屋里时，也就是傍晚六点来钟吧，大约过了两个来钟头，八点钟左右都一直没人进屋问我一句话。可到了八点十分吧，那两个抓我的民警进来了，一个问，一个做记录——这个不算审，就是一问一答，一个做记录。有时候，我答了啥儿他俩还相互看看笑一下。你说警察审问你，他们会相互笑笑吗？会对你笑笑吗？‘坦白从宽，抗拒从严。’这是那屋里写的大标语。墙面白得好像昨天刚刚刷了白石灰，连一个黑点都没有。那红标语上的黑字，也刺目照眼和刚刚写上去的样。我进去就看见那横在头上的标语啦。进去我就决定一五一十、老老实实坦白啦。北京人，你只要诚实人家还是很好的。都有同情心。理解外地人。更何况还是农民工。要求对农民工温和、善良、理解，温家宝当总理时候都已经开始啦，何况到现在。于是人家问啥咱答啥，有的不问咱也答。最后你猜出了啥事儿？打死你也猜不到，人家看我配合得好，没说一句假话儿，问了半个小时后，不到四十分钟吧，那俩警察问完了，合上笔，让我在记录本上按了手印儿，出去给我买了一盒大米饭；还给我买了一盒红烧肉，一盘土豆丝——我靠，是真的，人家花钱给我买了饭，还特意为我点了炒菜，还有一大碗的红烧肉！

“这哪是行政拘留呀，这是让我白吃白喝住宾馆！

“晚上还给那屋里开冷气。凉快得我恨不得把麦子也叫进去享受一晚上。真的和住宾馆一模一样儿。那天晚上睡得我四仰八叉，舒服得就如真和李静姑娘睡了样。没想到，在北京干活三年多，吃得好、睡得好的一夜竟是在行政拘留的派出所。那时候只要是我一个人，我就老在那屋里想：‘他妈的，别让我出去了，就让我在这住上一辈子。你们要把我拘留一辈子，那我这辈子真是烧了高香啦。’……

“可好景不长啊。第二天上午十一点——不是那写文章上说的，拘留了我三天。只一天，也就一晚上。第二天上午十一点，人家就把我放了呢。你猜咋？打死你都猜不到，把我放了时，让我在一张放人的纸上签了字，按了红手印，从那宾馆似的屋里走出来，在门口等我的不是罗麦子，不是我娃子。麦子和李社都没来。来接我的是李静……是李静那姑娘！

“真的是李静那姑娘。我的天，我一下就怔在那儿啦，像我突然拦她她一下怔住样。我怔在那儿朝四处扫了扫，没有看见麦子和李社，又不敢相信她站在那儿是为了接我出去的。那一天，天气热得很，派出所各个屋里都有空调风。风从各屋吹出来，又朝屋子总门口儿吹过去。我就站在总门口儿上，看着门外——派出所院里的静姑娘，还是穿了昨天穿的短裙子，浅蓝色的短上衣，背了咱说不上名儿的啥儿包。因为没打伞，脸上显得有些苍白。可说是苍白，还是那种不得了的好看那种白。我就愣在那，还是抓我那警察，大高个，比我高许多，他在我肩上拍一下说：

“‘走吧你，遇到好人啦。’

“这样一说，他又轻轻在我腰上戳了一指头，像要把我朝李静面前推过去；像要把我推到她的怀里样。

“‘走吧，出去再说。’

“这是李静对我说的话。说完看着我，这次可不是素不相识那目光，是多年不见，但也不得不见，又没有多么亲热那目光。目光和冬天的树枝一样儿，没生气，可也没死气。就是僵僵木木的。说着她就转身走掉了。我不敢信她是来接我出去的，站在那儿不敢动。又是那大个警察过来对我说：‘走吧你！自由啦，说不定还有好事等你哪！’他说着脸上挂了快活的笑。不像是嘲笑。像是弄不懂的那种好事使他羡慕样。

“就走啦。

“跟在李静身后边。走出派出所的大门，李静看我在她后边拉开的距离远，她站着等我一会儿。等我快到了，就又在前边领着我。我们去了润泽小区门前的一家川菜馆。里边干净齐整，说不上高档不高档，可是很干净。不是农民工时不时就进去大吃一顿的店，也不是一辈子就进不起的店。她在大堂的一个窗口角上选了位置坐下来，服务员过来送上菜单还和她说了话。‘家里来人啦？’像和她很熟悉，又不敢相信我是李静家里人。李静‘嗯’一下，说‘是我叔’，然后就问我：‘能吃辣的吗？’我说：‘能。’‘想吃啥？’我说：‘随便吧，都想吃。’她就当家点了一桌子，有水煮鱼、腌腊肉、鱼香肉丝和宫保鸡丁啥儿的。要说这些菜我从前都吃过，可就是觉得和那天吃的不一样。不是香，也不是辣，就是觉得对胃口，合味儿。吃起来味道不在嘴里、舌上和肚子里，而是在心里。是味儿流在血管里。

“这辈子，我是第一次体会到味道不在嘴里而在心上的感觉啦。心怦怦地跳，拿筷子的手不停地抖，每次去夹菜都夹不住。她还给我要了啤酒哪。还是青岛啤酒哪。易拉罐。给她自己倒了盖住杯底儿，给我倒了一满杯，还主动和我碰了一下杯。我俩碰杯时，我看见她的目光不是冬日的树枝啦，而是春来泛绿泛绿的柳枝儿，翠亮翠亮，好像伸手一碰那目光就会柳叶一样落在你手上。她小口吃菜儿，却让我大口吃，还说不够吃啦再加菜。在她的目光里，我不敢吃，也不敢喝，生怕我一动，她的目光就会碎落一地。

“他妈的，我这辈子都没见过那目光……我可不敢说那目光就是爱情啥儿的。咱是农民，也不配说‘爱情’那俩字。只配说喜欢不喜欢。可又哪儿敢说人家是喜欢咱？只能说是咱喜欢人家，喜欢人家那目光。当时麦子要在就好啦。工地上的农民工们都在就好啦。和做梦一个样。她不停地给我夹菜说：‘你吃呀！你吃呀！’是一张方桌子。桌上摆满菜。菜盘里的热气和窗纱一模样。小桌子，面对面，她离我那么近，又是穿的露着脖子和半胸的那个啥儿衣……不说这。说这就俗啦。就侮辱人家啦。可事情又确实是那样。说句不要脸的话，我虽然年纪大，可长得并不差。我不应该往爱情那个地方想，可那次见面有许多事让我说不清，不能不往那条路上想。

“比如说，她不停地给我倒酒和夹菜，从坐在桌前到最后，目光都一直看着我，那目光就像三月河边的柳条样。

“我说：‘咋是你去派出所担保让我出来呢？’

“她说：‘我见你儿子和你们村的麦子啦，知道你不是坏人活得不容易。’

“我说：‘今天我请客，不让你破费。’

“她顿了一会儿：‘我一个月的工资就等于你们整整干半年……’后边我以为她会说出她一个月是多少钱，看着她，等她说出那个数，她却又给我倒了半罐儿啤酒，夹了两筷子菜：‘你今年多大啦？’她没说她一个月能挣多少钱，却突然问我多大啦……我心跳得好像会从胸膛里蹿出来。她问我多大啦，目光在我脸上就像在谁家的窗外要往屋里看。我慌啦，不抖的筷子又在手里抖起来。‘我长得老相，年龄其实没有那么大。’我这样回答她。老老实实，一五一十回答她。我知道这时候诚实多重要。诚实比钱都重要！说完我就望着她。一直望着她。最后反倒是她有些不好意思啦，低下头，看着自己的胸口儿，还动手把那过低的胸口上的裙子往上提了提。提了提，又很郑重、很大方地对我说：‘你人不错，你儿子李社也不错。今年考不上大学了让他继续考，需要帮什么忙了都可以给我说。’”

说到这儿李撞的娘从灶房出来啦。她洗了锅碗喂了鸡，还又洗了李撞的衣服过来搭在院落绳子上。李撞一直都在对我说。我听得就像我自己已经不再存在样。我们都忘了他娘还在屋里、院里忙碌着。是她搭衣服的滴水声把我和李撞惊醒了。我们都把目光朝老人投过去，直到老人搭完衣服又走去忙啥儿，我们才又回到我们的情景和李撞与李静相对相望的情景里。

回到这双重的情景我们又都静了一会儿。静了一会儿，李撞把目光又柔柔疑疑搭在我身上，像李静把她的目光落在李撞身上样。

“连科呀，”叫了我，李撞又沉默一会儿，接着道，“你说李静她会不会对我有些啥意思？没有意思她咋会去派出所把我接出来？咋会请我吃饭不让男的花钱呢？咋会吃了饭，她去结了账，又给我买了一兜吃的，还又到商店给我买了很贵一件尖口 T 恤衫？那 T 恤衫我没舍得穿，现在还叠着藏在屋里箱子底。你要不要看看那 T 恤衫？看了我去拿出来……看看吧……真的不看呀？不看就算了，我知道那 T 恤衫对你不稀奇……

“接着说？好。接着说。想不到的事情还在后边哪。就这样，吃过饭，她一路提着东西把我送到工地旁边北大那栋老楼下，看着我走进门洞里，这时想不到的事情发生了——你猜咋？分手时候她把提的东西给我后，想不到她竟又给我塞了五千块钱不说，还说她要出差回趟家，回来周末了，请我和我儿子李社、麦子们一块吃顿饭，并且最后很郑重地说了句：

“‘以后你就把我当成你妹子或者女儿看，有啥事了只管找我或者给我打电话！’”

到这儿，李撞把李静给他的名片掏出来给我看了看。那名片是用红绸包住的。用红绸包住还又放在他胸口里边的一个内兜里。我猜想，那印有“北京大学”字样的汗衬胸里不仅李撞专门为李静这张名片缝了一个小兜儿，那小兜里一定还装着李撞为他和李静的奇恋准备的钱啊心啊照片什么的……可在我想要去问时，李撞家大门被人推开了，邻居来他家借箩筐要去街上挑什么，我们的谈话——采访，就这样被邻人的箩筐打断挑走了。

4. 罗麦子

时间：6月17日中午十二点

地点：北京大学西区食堂307号小包间

人物：我和罗麦子

环境与说明：这个环境没有啥儿好说的，是个不足八平米的临窗小房间。窗外有几棵老柏树。柏树下是来回走动的学生们。我是昨天从老家回到北京的。因为来回高铁我都买了商务座（有顾长卫的五十万元垫在口袋里，让我变得和富豪样），所以，紧锣密鼓地采访和见人，也变成了一桩我游览人生的放松和参观。就这样，昨天回来，今天我就约了罗麦子。

麦子刚过三十岁，矮胖，结实，整个人都如一段圆滚的石头般，说话快捷、粗野，口音比我还浓重。每说一句话，都多带脏字儿。脏字脏话在他就像中国产的益达口香糖。他是我在采访李撞的人生爱恋中让我最为难忘的一个人，也是我整个采访过程中，最易采访的一个人。

罗麦子——

“我知道你会来采访我。我靠，要了解李撞，谁都没有我清楚。我就像李撞肚子里的蛔虫样，他啥时高潮射精我都知道呢。我们这几年打工都在一块儿。有时睡觉还睡一个被窝里。我虽然有脚气，可他很少洗过脚，半斤八两谁也不说谁。给你说，连科叔——按辈分我该叫你叔。你虽然在村里不认识我们这一辈儿人，可我们这下一辈的全都知道你。知道你现在有名啦，弄住大事啦……可是叔，村里人都感到很奇怪，弄住大事你咋不会到咱县弄个县长、书记当当啊？哪怕弄个镇长也比你现在牛逼啊。你说你现在要是镇长、县长、市长那多牛逼呀！那多风光呀！随便管个啥事儿，比如管个工程能挣他妈多少钱。会有多少人争着给你送礼呀。随便给你送些都比你写稿挣钱多，也不至于为了采访李撞还得花钱跑回老家去。还得花钱请我这样的鸟人吃顿饭，敬得我像神一样……嘿嘿，你别笑话我。我知道，我就是个鸟人儿，像乌鸦贪虫一样贪嘴吃。你今天请我吃这顿得花多少钱？就咱俩人吃饭你还点这么多的菜，鸡呀，鱼呀，红烧肉，还有这么好的酒。五粮液，这是我这辈子第一次喝这么好的酒。你说五粮液和茅台哪个好？……那下次你请我喝茅台！说定了，下次请我喝茅台！……我都半月没有喝酒吃肉啦……嘿嘿，喝好酒，吃大肉，多好的人生啊！哎，这些……这些……吃不完了你带走……那你不带我就打包啦。带回去，晚上我再喝一顿……

“说正事……好，说正事。靠，我这张嘴就是遇到好吃的就他妈兴奋、激动，和结婚第一夜进了洞房样。好，说正事。说李撞……

“李撞那屌人，他说的话你不能全相信。信一半……信三成也就不错啦！别看那屌人苦大仇深样，其实他心里美得很。脸上的善良和女人的奶子样，其实那奶子是炸弹，是点了导火索的炸药包。我太知道他李撞啦，知道他比知道我自己还要多。实说吧，我俩一块打过架，一块嫖过娼，一块偷过工地上的钢筋水泥卖……他妈的，我就是撸不住这张嘴，啥他妈的人和事，喝点酒就都兜底往外倒。给你说，我和李撞在广东找工头讨薪时，每个人拿个榔头闯到工头家里去，吓得那工头不光当场给了钱，还多给了我们每人三千块。

“我操，那一次我俩是尝了抢劫的味道了。如果不是担心被人发现被人抓，世界上啥也没有抢劫的味道好。我靠……现在回想一下子，要不是我理智，几次拦截了李撞他，他就要真的走到抢劫的路上啦！你信不信连科叔？李撞几次给我说：‘他妈的，去抢一家银行就一辈子回老家过神仙日子啦。’要不是我理智、清醒，聪明地拦住他，说不定他真去抢人家银行啦。要那样，他现在就不是在咱老家里，就是在哪儿的监狱啦！

“说起来，他得感谢我。真得感谢我！你猜咋？他去找人家李静姑娘可不是他说的和我打赌去找人家搭讪请吃一顿饭，或者请吃一个冰淇淋。他是想连色带财抢劫人家哪。他就是在那边未名湖的边上盯上人家李静的。因为在未名湖那儿盖楼房，一来二去他就看上人家李静啦。你猜咋？有一次，李静从未名湖的边上走过去，他盯着人家看半天，回过头来突然对我说：‘哎，麦子，你说要和这北大的女生上床睡一觉会是啥滋味？一定他妈的和咱们农村的媳妇弄着不是一个味儿吧？’我靠，连科叔，你看这鸟人，脑子里他都想的啥。就这还有很多人觉得他善良，心里平和好像一辈子不见风的湖。不见风的湖，那是一潭死水呀。李撞心里才不是死水呢。他心里和咱老家雨季的伊河样。和电视上看的黄河壶口样。瀑得很！邪得很！他想和那李静睡一觉，想尝尝和人家城里姑娘又是北大学生弄弄的味道呢……你看看！你看看……你也喝呀连科叔，别光让我一个喝……你放心，我这半辈子都没喝醉过。我自己都不知道我醉酒是啥样子……

“好！好！还说那事儿。还说那李撞……对，我不拐话题。刚才说李撞想睡李静那姑娘，其实他就是想找文化睡睡、找城市睡睡的那种酸农民。虽然被我拦住了，想想也不能都怪李撞哥。李撞哥毕竟媳妇死了三年啦，他咋能见了女人不急哪？给你说，你去过天通苑北边郊区那儿吧？那儿有专门为农民工解决男女那事儿的民工村。

“他妈的，这一改革，连咱们村头山坡上的清泉也都干了呢。你说那水都流到哪儿了？十年二十年，那么旺的泉，咋就成了专门侍奉民工的老女人们的身子了，一点水儿都没了。没水儿，价格还不低。李撞去过一次他就不去了。就瞄上北京大学的女生李静啦。贼心呀！犯罪呀！是我把他拦下了……可拦住他人拦不住他的心。又过了几个月，也许半年吧，你猜咋？以为每天大家都在工地上出死力，干死活，谁想李撞他的贼心从来没死过。不知道咋样他就打听出李静的根底啦。知道那姑娘不光长得好，学习好，学问大，家庭条件也好到了天上去。父亲是杭州浙江大学的老教授，母亲是杭州重点中学的特级教师哩。这家庭，我靠，知识分子呀！你说这家庭叫不叫知识分子家庭呢？……哎，连科叔，你说是你学问大，还是教授学问大？你们这靠瞎编故事挣钱的职业真是奇怪哦，每天胡编乱造，啥都弄得和真的样。要说世上、社会上的造谣，你们才是最造谣的人。你们是靠造谣吃饭的人。可你们造谣政府也不管，法律也不管。别人造谣一句话就被抓走了，你们造谣一本书，政府还鼓励，还发奖状和奖金。这政府也奇怪，世界也奇怪。造谣在嘴上就是犯罪了，造谣在书上就成学问啦！

“我靠，想不通。真的想不通！

“对李撞的事我一点不造谣，一句瞎话都不讲。你猜咋？半月前，李撞有天睡到半夜睡不着，把我从地下室叫到外边去。我俩就在北大校园最北边树林边上转。那儿是空地，没有学生楼。我们住在那最北一栋废楼的地下室。地下室里蚊子多，咬得睡不着，我俩就在外面转。月亮明得和未名湖的水一样。我俩正转悠，李撞忽然对我说：

“‘哎，麦子，知道吧，那李静姑娘家里有很多钱……父母亲都是高工资，她自己工作也还那么好，独生子女，家里肯定有很多很多钱！’

“我懵懵懂懂盯着李撞看。蚊子叮在我的脸上，也叮在李撞的脸上。我看他，他就在他脸上拍了一把蚊子又说道：

“‘这家庭，那长相，真格值得和她睡一觉，把城市和文化都弄了，然后再抢上她一把，连色带财就都有啦。’

“我说：‘你疯啦？不怕蹲监狱？’

“他说：‘设计周密些，肯定没事儿。’

“我说：‘咋样才能万无一失没事儿？’

“他想了一会儿：‘先和她谈朋友。勾引她。等她上钩了，然后再连色带财都拿走。’

“你想想，连科叔——这世界都成啥儿啦。他说先和人家谈朋友。真敢想，也不撝出鸡巴尿一泡，照照自己那副德行和影儿。论年龄，他能做人家的爹。论长相，他丑得和榨菜一模样，人家和北大校园的月季花一样。是校花。在这一打工，我知道校花是啥儿意思了。就是全校长得最好那女生。就是李静姑娘那样儿的人。再说啦，学问那东西，人家李静是北京大学毕业的研究生，你李撞上完初中，高中都没考上——我都不知道苗娟娟为啥会嫁给他那样的人。不知道他是咋把苗娟嫂子弄到了手。媒人也是瞎了眼。要把苗娟介绍给我大哥、二哥该多好。我大嫂、二嫂都不是人，偷东摸西，赛着对我爹娘指桑骂槐的。可惜苗娟嫁给了他，不是我大嫂或二嫂……对，对。话又拐弯了。这酒咋会这么滋润呢？真是好喝啊。好酒就是那种让人话多的酒，让人说话拐弯那种酒。现在咱把话儿拉回正道上——总之一句话，我不理解李撞咋他妈能想到要先和人家李静谈朋友，勾引成了再连色带财都拿走……

“亏他想得出来呢。他以为他是省长、市长家的娃子呀。他以为他是大老板或者总经理？真亏他妈的想得出来呢。当时我都听傻啦。想要笑出来。可当时半夜我又憋了一泡尿，没有笑，没有和他争，转身在那树林里尿了一泡尿。一大泡的尿。这一尿，就把要和他争吵的事给尿了出去啦。尿完了，我回身对他说：

“‘蚊子不多啦，天也凉快啦，咱回去睡觉吧。’

“就又一道回去睡觉啦。并肩走，他又问我说：‘你说先和李静谈谈朋友这法儿行不行？’

“我说：‘咋谈呢？’

“他说：‘勾引她。’

“我问：‘咋勾引？’

“他说：‘想法儿。’

“我说：‘啥法儿？’

“他说：‘慢慢想。’

“就到了我们住的那栋楼下啦。往地下室去的那个门洞口，有一棵老槐树，碗口一样粗，高不过一层楼。那槐树常年没人修，树枝树冠朝下垂。有一根树枝长到了我们门洞门口上，大家出门、进门都要擦着树枝走。那晚上的后半夜，我俩回去时，我被那槐枝挂了一下子。他妈的，这一挂，我醒了过来啦——你李撞去勾引人家李静，又要财，又要色，狗日的你可弄美了，口袋也鼓啦，我麦子落了啥儿呢？如果劫财劫色都不成，那就是抢劫罪加上强奸罪，可我一不做，二不休，就因为知道这些也就成了同犯啦！判他十年我最少也得住五年；判他五年我最少也得住两年。我靠啊，你说我图啥？我才结婚没几年，媳妇连娃儿都还没有给我生出来，我要一住监，人家不是又嫁人了吗？

“我操！这叫啥事儿。我才没有那么二逼哪！

“我说——我仍旧站在那槐树下，月亮西偏啦，月光和女人的皮肤样。说不定就和李静那姑娘的皮肤样。又凉爽，又光滑，像白绸在水里过了一遍样。我盯着李撞的脸，那时树影落在他的那张枯脸上，如一块黑粗布搭在他的脸上样。我说：‘李撞哥，你疯啦？你傻啦？凭你那熊样你能把人家李静勾引到手吗？你想想，又劫财，又劫色，到时候人家一报案，你他妈就进到监狱啦。你以为城里人和大学生，都像咱农村姑娘样，被男人骗啦日弄啦，怕名声坏了就甘愿吃亏不声张，不报案，大不了就在家里或野地躲着哭一场？人家没有不报案的呢。人家都懂法律呢。给你说，李撞哥，’我又抬高嗓门很强调地对他说，‘李撞哥，你初中毕业，那么差的学校，那么差的老师，你还学习在班里倒数第几名。可是我，高中生，学校好、老师好，我还学习那么好。考大学就差一分没过线，结果哪也没录取。要报好志愿就一定被全国重点录取啦。要我像你娃子李社祥，再复读一年，说不定我就不是这北大校园的农民工，而是这北大校园的大学生。是和李静一样一样的大学生或者研究生。说不定还是博士呢。说不定看上李静的不是你，而是我。说不定我俩已经结婚啦。说不定我们在北京早就有房、有车也有娃儿啦……’

“靠！命运啊！我他妈学习好，脾气倔，考不上就坚决不再复读啦。嫌复读丢人就出门打工啦。这一打工，就成今天这个鸟样儿。连科叔，你说说，我这辈子亏不亏？亏死了我！所以说，我没上大学也比他李撞有文化，有见识。于是我就对他说：‘李撞哥，你听我一句话，我懂法律就像知道鞋子大小，穿在脚上可脚不可脚样。给你说，千万别想着又劫财又劫色的美事儿。法律的大门对咱这号人，本来是个小窗口，可只要一犯法，那窗口就成大门啦。就城门洞啦。’‘城门洞开’这词用到这儿没错吧？连科叔……好，我就再喝这一小杯，喝完也就不喝啦……主食咱俩吃面条？……算了吧，不吃省一点。我给你说了这么多的事，提供了这么多的好素材，看你听我说话眼都瞪大了，是不是我说的你都能写到文章里？在那文章里都是好东西？就像饺子皮里的肉馅样，都是精华、都是纯肉的馅。好！好！长话短说，画龙点睛。我对你说啊连科叔，你猜咋了呢？你猜出了啥儿事？猜不到！打死你都猜不到。我也猜不到。靠！这才叫意料之外，又情理之中呢。我对李撞说：‘我以法律的名义劝劝你——悬崖勒马，回头是岸。有一天你被抓了可别说我没有劝你阻止你，把我变成一个知情不报的同伙犯！’同时我又去那槐树叶上摸了摸，摸了一把天快亮的露水抹在我的眼皮上。瞌睡少了呢，越发清醒了。于是，我就对李撞很亲情也很智慧地——像诸葛亮劝刘备去取荆州样，我劝李撞说：‘撞哥呀，你他妈的真够傻。你是我哥我无法骂你是二逼那样的话。可你想想，你和二逼有啥儿差别呢？你想想，你想想。’——

“我对李撞说：‘凭你的样儿人家李静会和你谈朋友？你想想，人家真和你谈朋友了你还用劫色劫财吗？你都和她上床睡觉了，她还不把她的钱一百、二百，一千、两千地给你花？你要真的在床上让她舒服啦，让她离不开你这屌人啦，她还不把她的钱一万、两万地送给你花吗？’

“你猜咋？连科叔，我这一说又一问，你猜咋儿了？那李撞用手往额门上用力连拍三四下：‘对呀，我要和她谈成朋友啦，她的钱不都成了我的钱！她的家产不都成了我的家产啦！这样儿，我俩都有爱情啦，我还劫他妈的啥色啥财呀！都有爱情啦，爱情如春花夏枝一样旺着啦，到那个火候上，如果我突然决定不要她的色，不要她的财，说不定她还会哭着求着给我哪！’

“‘就是呀！我咋没想到！’李撞又是跺脚，又是拿脚朝那槐树上踢，‘他奶奶个逼——就是呀，我咋没想到！’他连连这样说。为了感谢我的聪明和提醒，他妈的，那李撞拉着我就往通向地下室的门洞里走，还边走边感激不尽地对我说：‘麦子啊，咋样和李静谈上恋爱你别管，但有一点你放心，等老哥我把那姑娘弄到手，骗她一千我给你五百块，骗她一万我给你五千块。可我要骗她十万、二十万，你别要那么多。你别和你哥对半分。哥要那钱有大用，家里房子都还没有盖起来，老娘也八十多岁了，李社要考上大学还得供他上大学，考不上大学也该订婚啦。哪哪都用钱。要骗她十万、

二十万，我给你三万或五万，别的都留给你哥我自己。年龄大了呢，哪哪都得用钱呢……’

“你说说，这李撞想得有多美。顶多就是一场梦。咋就能够当真呢？咋就能真的当成一回事儿？不就是半夜睡不着觉的胡扯吗？不就是睡得太着的一场梦话吗？

“我俩就回去睡觉啦。天都快要亮了呢。我压根没有把这些放到心上去。都睡了，睡得和猪一样。可谁能想到李撞把这些当成真的了。谁能想到第二天,就发生了他在工地楼下拦截人家李静姑娘的事。谁能想到他不仅在未名湖的边上拦人家，还会盯梢盯到人家小区门口上。操，光天化日，大白天的，他竟敢在小区门口拦人家，求人家，请人家单独吃饭、单独说话、单独去约会……你说说，你说说，这太出人意料啦。——你看那李撞，看他妈的多鸡贼，看他妈的多二逼……后边这些事，我是他被抓到派出所以后听说的。警察还把我叫去问了大半天，做了口供和笔录，我还按了红手印。

“操，太他妈的丢人啦。太他妈的想不到！丢死人。咱河南人本来在全国名声都不好，再出个李撞的事儿名声就更加不好啦……

“我说连科叔，李撞的事儿，我一五一十全都给你说了呢。给派出所的警察说时我说了一点假话儿。我得向着李撞呀。他娃李社一见我都向我叫叔呢，像我向你叫叔样。我当然得说些假话让李撞早些放出来。可今儿，对你说的话，我连一句假话都没有，连一丝水分都没有。我觉得连科叔，你写故事文章时候不一定照我说的写，你要在文章中说些假话儿。嘴上造谣是犯罪，笔下造谣就是文章学问啦。你要在你笔下多造一些好谣儿，多说些好假话，把咱河南人写得好一些……

“把李撞写得好一些……

“把我也写得好一些。这可不是我和李撞形象好不好的事。这事关系到咱河南一亿人口的形象好不好。你在北京不知道，为河南人的形象，把河南人都给愁死啦。前不久省长和省委书记还在电视上号召全省人民要树立好河南人的形象哪……哎，哎……连科叔，这剩下的鸡鸭鱼肉你真的不要了？你不要我就打包啦。打了包我今晚可以再喝一顿酒。要李撞没回老家就好啦。我俩在一块，白酒一次能喝两瓶儿。啤酒一顿两个人能吹三箱子。一箱六瓶，三箱就是十八瓶。那时候，边喝边说，两个人就和日弄女人样，就和高潮样。”

……

5. 李静

时间：6月17日下午四点三十五分

地点：北京我家和杭州她家

人物：李静和我

环境与说明：李静是通过电话采访的。我在我家的书房里，她好像是在杭州她家的卧室、阳台或者客厅里。

李静——

“喂——是李静小姐吗？对不起，打搅了。”

“嗯……请问你是谁？”

“我叫阎连科。几次给你打电话，不是关机就是没人接。所以，也才短信你，请你务必接我个电话……占用你十分钟的时间就行了。”

“你有什么事？”

“我是个作家……对不起，我这样介绍我自己你不介意吧？”

“不介意……你是作家，叫阎、阎……”

“阎连科。你没听说过？”

“从没听说过。”

“当代作家你知道谁？”

“谁也不知道。我是理工生，我们老师在课堂上说，当代文学都是垃圾，中国文学到鲁迅那一代，就基本结束了。关心当代文学，还不如去关心日本的动漫和韩国的电视剧。老师说读当代文学，纯粹是浪费时间，就和一个人在家无聊时，嗑着坚果在屋里转来转去样。”

“哦，这样啊……莫言知道吗？”

“这个人，拿了诺贝尔奖后我才想起看过以他小说改编的电影《红高粱》。”

“那你看过张艺谋的另外一部电影《活着》吗？”

“我的室友、闺密她看过。”

“好不好啊？电影的原作者叫余华听没听说过？”

“嗨——别扯了。你说吧，找我什么事？”

“请问你什么时候回北京？”

“我是两年的假期一块休，回去要到七月底。”

“哦……那我就在电话里直说啦……请问……请问你认识在北京

大学打工的来自河南的农民工李撞吗？”

“……”

“对不起，对不起。你如果不想聊这些，我们聊别的……”

“我想聊！”她声音突然大起来，像想用她巨大的声音把我的手机震炸样，“问吧阎作家，你问什么我就答什么！”

“真的对不起……也许我不该这样直截了当地问。因为我和李撞是一个村的人，年龄差不多，小的时候我们还经常在一起割草、放牛、种庄稼。”

“哦，这样啊……你竟是真的阎连科……你是想用我和李撞的故事写小说还是改编电视剧？”

我想了一会儿：“只是好奇。因为好奇就想了解一下子。你知道，作家都是闲贱的人。闲贱的人，都对生活里的奇事异物充满好奇心。”

“不会不写什么文章吧？”

“这……得尊重你的意见。你不让写，我就一个字儿都不写。”

“真的吗？”

“你在北大读书，我在人大教书，你不相信作家，你不会不相信一个老师吧？”

“那倒是……问吧你。你好奇什么就问什么……可要快一些，过一会儿还要陪我爸妈去看一个人。”

“你真的认识我们村的李撞呀？”

“真的呀。”

“你咋会认识他……你是北京大学毕业的研究生，他只是一个农民工……”

“这有什么好奇怪？王子不是还爱过丑小鸭，公主不是还嫁过砍柴郎的嘛。”

“你是说……”

“说什么？”

“你是说你和李撞是……是那种关系？”

“哪种关系？简单的关系，就是他是在北京大学校园内打工的农民工，我是北京大学毕业的研究生，现在为北四环保福寺桥边上国有集团公司321研究院的高薪白领对不对？可你一定不是想知道这层最简单、无聊的关系吧？”

“对，对。那当然……”

“你想知道我内心最隐秘的想法对不对？”

“对、对。我没想到你这么坦荡、坦率，完全和别的南方姑娘不一样。”

“你是说我应该绕着弯儿对你说，每次都像挤牙膏样给你透露一点点……阎作家……阎老师，不是我不尊敬你，我真的过一会儿得和我爸妈去看一个病人呢。我们简明扼要，长话短说好不好……对你说，我有点喜欢你们村的李撞啦，也喜欢他的孩子李社啦。这种喜欢不是约会出去吃顿饭，不是看个电影吃两盒冰淇淋……如果不是年龄差别太大，如果不是世俗的眼光，也不考虑我爸妈接受和不接受，我想的可不是我和他做朋友，我想的是做他的情人还是下决心和他结婚的事……”

“……”

“喂……喂……阎老师，是我的话把你吓住了？你不是最想知道我的内心怎么想的吗？不下十个记者打电话，要采访我什么都没讲。听说是记者我就挂电话。现在我把最内心、最真实的给你说了，是把你吓住了，还是你和所有的人一样，在用最世俗的目光来打量我和李撞的感情交往呢？”

“我……我非常支持你。我支持在感情问题上，在个人生活问题上，每个人的私生活，只要是自己由衷的选择，都应该得到支持和尊重……只是……只是，只是我想知道为什么。”

“为什么？不为什么呀。你们人大不还有个女博士最终嫁给了你们人大门口卖羊肉串的中年吗？他们的年龄差别，比我和李撞的年龄差别还大一岁。想知道为什么，你去采访一下你们人大的博士不就清楚了。人家现在不光结了婚，孩子都已经上了幼儿园。”

“我……还是有些不太懂……”

“不懂多想想。你们作家不是最擅长想象和虚构吗？我已经给了你最真实的两个点：我和李撞，一男一女，真实相爱。这两个点已经给你了。中间缺少的逻辑就用你的想象和虚构填上吧……对不起，阎老师，我爸妈在客厅叫我啦……”

“稍等，李静。请稍等……最多再用你三分钟。最后一个问题，我想知道你和李撞到底怎么认识的——就是你们第一次见面是怎么一回事？在哪儿，是什么时间和以什么方式认识的？”

“第一次……”李静想了一会儿，“这说来就话长啦，现在时间有点紧……第一次，第一次是在两年前，我读研还没毕业，硕士论文答辩那一天。按习惯是答辩那一天，硕士、博士的论文通过了，为了感谢导师几年间的教育之恩，学生都会请导师吃顿饭。那一天，我去北大门前、沃尔玛边上的泰国餐厅订房间，并顺便到沃尔玛里边的花店给导师订束花。可一到鲜花店里订花交钱时，我的钱包不在啦……不说钱，里边不光有几千元人民币，还有身份证、学生证和门卡什么的……急死我啦！除了这些，钱包里还有一个U盘。U盘上全是我这几年写的东西。有许多是不能给人看的隐私文章和日记……那要给人看了，发在网上要比陈冠希的‘艳照门’更为可怕和轰动……可就是这些都丢了。明明在泰国餐厅时，还在我的小包里，可到了十几步路远的沃尔玛，就啥都没有了……那个急，当时就出了一身汗……可就这时候，李撞从外边进来了，拿着那个钱包站在我身边，把钱包递给我说：‘这是你的吧？’我接过钱包，一阵惊喜。打开钱包一看，什么都不少。一分钱都没少。身份证、学生证、U盘啥儿的，连一丁点儿都不少。我惊喜地望着他，他说我慌慌张张往这花店里跑，到门口挎包在腰间甩一下，钱包就被甩了出去啦。那时他刚好从花店门前过，就看见钱包落在花店门口的花盆下……这是不是很庸俗，很落俗套的情节啊？阎作家，可生活、现实经常就是这样啊。没办法，就是这么庸俗落套儿，毫无新意哪……就这么，我俩认识了。第一次见面和电影上的情节样，和英雄救美样，就这么庸庸常常见面认识啦……”

前边讲过了，我是在我家书房和李静通电话。那时在书房听着李静在电话上的叙述，真的就像我在看一部毫无才华和想象力的通俗小说样。就像我自己也是那小说中的世俗人物样。于是，我就用小说人物的口气问着小说中的人物说：

“这就能促使你去爱他吗？”

“爱，”李静用否认甚至嘲弄的口气说，“爱还谈不上。远远谈不上。但我对他有了好感啦。很普通的好感吧。——谁的东西丢了，被人捡到又还回去都会对对方有好感。就是那种好感吧。拾金不昧加知恩图报那关系。毕竟一分都没少。毕竟U盘还在里边哪，像自己的隐私还捏在自己手里样。我踏实地看看那钱包，看看那U盘，看看面前的李撞——那时是春天，毕业季，大街上的女孩子们都提前穿了各种花裙子。可我穿了什么我都忘记了，却很清楚地记得李撞穿着施工队的工人们穿的劳动布做的老棉袄，棉袄的胳膊上有两个破洞露出两团脏棉花。说实话，不是说我作秀或者说我自己是贵族，真的这辈子我是第一次和这么低……这么底层的农民站在一块儿。真的是第一次，站得那么近，能闻到他身上有刺鼻的一股怪味儿。那味儿有些像过期酸奶的腐味儿……对不起，我爱喝酸奶，每天都会喝——因此也就没有厌烦那味儿。就盯着他的脏衣服——可说脏——农民工们都是那样子。衣服脏，可他人还是干净呢，好像刚洗澡时洗过头。牙也特别白，又白又整齐。那么整齐的白牙连学校的男生都少有。加上平头的硬发楂里夹带了一些白头发，脸上是经历沧桑却还依然活着的中年样，目光是从监狱里出来倍加热爱生命和生活的那目光……你知道不知道阎老师，世界上最能打动女孩的，就是这历经沧桑却更加热爱生命和生活的那种人？南非的曼德拉尽人皆知就不说了。中国的褚时健你一定知道吧？就是原来云南玉溪红塔集团的董事长，1994年，‘中国十大改革风云人物’，就是他让红塔山香烟成为中国的名牌，使玉溪卷烟厂成为亚洲第一、世界前列的大型烟草企业。1999年，因经济问题锒铛入狱，被判无期徒刑，剥夺政治权利终身，后又减刑为有期徒刑十七年。2002年，保外就医后，与妻子在哀牢山承包荒山种橙子。2012年，八十五岁高龄的褚时健的‘褚橙’经过电商在全国销售一空，从此他又创造了另一个名牌‘褚橙’……阎老师，你能理解当年女大学生有多么喜欢、崇拜褚时健吗？如果你能理解，你就知道我第一次见到李撞是什么感觉了。”

“……”

“……当然啦，单是见一面，单是他拾了钱包还给我，我当然不会爱上他。不会把他当成褚时健。而是他把我钱包还我后，我在花店给导师订了一束鲜花后，忽然觉得我应该感谢他一下。不能人家拾了钱包还给你，你连句‘谢谢’都没说。或者说句‘谢谢’也就完事啦。反正是我从花店出来后，忽然想要给他几百块钱感谢他一下，就到花店门口去找他。找不到又到沃尔玛的里边找。后来就在沃尔玛里边专卖厨具的地方找到了他。就对他说几句感谢他的话。又从钱包抽出五百块钱递给他。你猜怎么了？你们河南人说你猜咋？他盯着我，盯着钱，说了一句让我感到有些意外也终生难忘的话。

“他轻声嘶哑地问我说：‘你们城里人是不是觉得农民干啥都是为了钱？！’

“天——他还能发出这样实在、高尚的诘问来。这让我语塞了。让我很长时间站在那儿不知该和他说什么。记得好像过一会儿我缓过神儿来，又说了几句谢话就走了。很落寞，很无趣，也不知为啥同时还内疚。我慢慢从人群朝着商场外边走，可走了几步路，十几步，他又从我身后追过来，对我说：‘你要觉得不感谢我心里过意不去的话，你回去替我买一把好的菜刀吧。我媳妇一辈子在灶火……’——你们老家是把厨房叫灶火吧？李撞说：‘我媳妇一辈子在灶火，一辈子都埋怨我家的菜刀连青菜都切不动。’

“我就回去替他买了一把德国产的钢菜刀。八百多块钱。他问我：‘多少钱？’我说：‘八十块。’你猜这时候他说了一句啥？

“他说：‘这下你心里好受啦，不用觉得亏欠一个农民啥儿啦。’

说完笑笑就转身走掉了。那笑是僵在他的脸上的，充满了嘲讽和不屑，像我花八百块钱替他买把全世界最好用的厨刀，是替我买了被人一眼看破的虚伪、矫情和假贵族的嘴脸样。这回是轮到我心里真的不太舒服了。‘他妈的！’——当时我真的在心里骂了一句粗话儿。气不过，站一会儿，想来想去我一个北大的学生——你知道我们北大学生不知为啥都有那股儿不受辱的傲劲儿,这就是‘厚德载物’的文化吧——气不过，我又反过来朝李撞追过去……

“就这么，我俩认识了。

“就这么，一个北大计算机专业漂亮、学霸到没有男生敢追的研究生，和可以做她父亲的农民工一来二往了，有了感情了……

“好了，阎老师，真的对不起，我爸妈来催我几次了。我们得马上去医院看个病人——我中学的老师，癌，再不去看可能就没见面的机会了……对不起，我挂电话啦……”

“哎……李静，你从医院回来我们能不能再通次电话呢？或者我让正在南方出差的蒋方舟去找你？也许你俩会成为无话不谈的好朋友……”

“别再麻烦了，我已经给你讲了那么多。那些情节难道还不能满足你的闲贱好奇吗？还不能满足你的需要吗？”

“能……能……可我想知道……后来……后来……”

“是想知道后来我和他上床没有吗？是想知道床前、床上和床后我和他的事情吗？！”她又变得着急而大声（也许这时等她去医院看病人的爸妈就在她身边），吼着问完后，她毫不犹豫地把我的电话挂断了。

这边的我，在我的书房，举着从耳边拿到面前已经发烫的手机，就像看着一部放到中途而停机的电影幕布般，眼前除了一片蒙蒙的白，别的啥儿和什么，瞬间全都没了呢。

6. 李社

时间：6月18日上午十一点

地点：朝阳区朝阳南路26号工商银行门前

人物：李社

环境与说明：找到李社容易得像我写作累了下楼散步样。像饿了叫一份外卖样。他在朝阳南路26号工商银行做保安。是这年高考结束后，临时到这儿打上几天工。是他的一个做保安的高中同学介绍他到了那儿的。一个保安队的队长看看他，在他肩上拍一下，说个头、形象都不错，也就把他接受了。因为他是临时工，刚上几天班，说不定考上大学九月就该上学了。考不上他说他九月还要回去再复读。再复读他就是第四年的复读生。是高中生中的老学生，青春和胡子都在他二十二岁的脸上显出沧桑了（倒是李静喜欢这种沧桑感）。他的年龄比李静小（我想是这样），也可能看上去要比李静年龄大（我还未真正见过李静呢，只是从百度上搜出了她的照片看，发现她确实长得很漂亮。研究生的毕业照上，还有着大一、大二新生的幼稚和纯净——也许她真人不是这样儿。这年月，照片都是人生和往事的美容与化妆）。

见到李社时，我总是想李静也许和李社有一场情感纠葛更合适（姐弟恋，小鲜肉）。可她却和他的父亲李撞有（到底有没有？到底到了哪一步？难道他们真的有过风月……上过床？这才真是他妈的，世界精彩到莲花离开污泥就得死）。大街上，一如往日的人来人往，川流而不息。看不出朝阳区的热闹和海淀有什么不一样。身边的人，面前的车，后边十字路口的红绿灯……世界是扁平的，把这儿街上所有招牌上的“朝阳”二字抹掉换上“海淀”两个字，这儿就一定成了海淀区。我们就站在工商银行门前的一棵国槐下。树荫像水纱一样落在我俩脸上和身上。马路上六月的骄阳，已经暗含了北京八九月的酷热，只是六月的炎热里，还偶尔会有股末春绿色的味，而到了八九月，北京的绿色早就是过早从娼的女人啦，烂熟而热烈，只有经过苦熬的人生才可承受住。

我就那么轻易找到李撞的儿子李社了（也可以不找，不去采访他，但却总是觉得不多采访几个人，对不起顾长卫给的五十万。毕竟那不是一笔小数目）。把李社叫出来，站在树荫下，看他穿着那身不十分合体的保安服，就像他爹和李静那极其不合的恋爱故事样。二十二周岁，一米七五左右，肩背微驼，该理了的发楂从保安大檐帽中挣出来。当他把帽子摘下时，头发腰上留着一圈箍痕儿。脸是古铜色（这种肤色一经保养就是鲜肉红），鼻梁挺直，眼里有种遭遇了不平的抱怨、仇恨（也许是发奋和激情）的可怕的光。

我把他叫出来，边走边说了一些寒暄的话。我问他六月上旬的高考怎么样，志愿报到了哪。最后鼓励他考不上了继续考。考上了，上大学有什么困难可以来找我（这是真心的，并不单纯是许愿）。到末了，进入正题了，和所有的小路都想要连上大道、所有的溪水都终归大海般，我把话题扯到他父亲和李静的关系上，扯到了被派出所抓走拘留他父亲的事件上，然后……

然后他的脸色成了青紫色，把目光从我脸上移到面前的大街上，咬着双唇儿，把嘴唇咬成一道笔直生硬的线。刚刮过胡子的唇面如淬完火的青滑的铁。过了几秒钟，又过了几秒钟，他回过头来说了一句惊天动地的话：

“我想杀了他李撞！他不是我爹，他是一头猪！”

李社——

“我真的想杀了他李撞，他不配做我爹。他就是一头猪。他真的是头猪！

“……

“不瞒你说叔，我之所以年年连三本的大学都考不上，可还要年年复读年年考，就是想离开李撞、离开家。我只要和爹在一起，心里就有火。就有仇气在身上涌着动着和燥热一模样。不知为啥儿，我自小就想一刀杀了爹……要说他对我不算差，和村里许多家庭比，他对我要比许多人家爹对娃子还要好。可我就是不知为啥想要杀了他。从六七岁记事起，他对我越好我就越想杀了他。记得六岁时，也许是七岁时，我第一天上学他背着我去送我，我在他的后背上，看着他头上那个圆旋儿，忽然就想到要拾起一块石头、砖头朝那旋儿上拍下去。砸下去！从那以后，我就不让他再背我了，只让他高兴时候抱着我。不让他背我。不让我能看见那旋儿。就是吃饭时候一家人在一起，我也只在他面前，不在他背后。一在他背后，我就能看见那旋儿。看见那旋儿，我就会紧张得双手冒汗想要去抓石头，找砖头。给你说，我二十二岁啦，从七岁到现在，十五年来我都躲着爹。

我最怕吃饭时候他坐在地上或坐着咱老家那种小矮凳。只要他坐得低，我从他身边过去就忍不住要看他头上那水漩涡似的发旋儿，看见了我就会身上紧张得打摆子，会情不自禁地去四周找砖找石头。

“我怕爹。怕他不是他对我不好或他有多厉害，而是我怕哪一天我忍不住了真的杀了他。真的从他背后抓起石头、砖头砸在他头上，砸在那个发旋上。十二岁那一年，我发烧烧到将要活活被烧死，爹背着我从家里朝着镇上的医院跑。娘和奶奶跑得慢，追不上爹还在后边追着唤：‘撞——你快跑！撞——你快跑！’这是奶奶的唤。我娘的唤叫是：‘你再跑得快一些——你再跑得快一些——你再不跑快咱娃怕就没命啦！怕就没命啦！’现在想起那场景，我都想掉泪，都想哭一场。想哭想掉泪，可我还忘不掉想在爹的头上狠命地拍上一砖头，砸上一石头。那时爹就疯跑着，娘和奶在后边疯追着。爹为了不让我从他背上滑下来，不断地跑着把我朝他头上，朝着半空耸着、托着朝上用着力。这样儿，一上一下，一起一伏，我就要不停地看到爹头上那个漩涡了。看见了我就想着拾起石头、砖头朝那旋上猛拍一下会是啥样儿。想起了我就会身上吓得打摆子。发烧打摆子，想杀爹也要打摆子。那时我真的活不成了呢，摆子打得和风吹树叶样。那时十二岁，十二岁我就想要么我死掉，要么爹死掉。反正这世界上我俩只能有一个活在村庄里。我想我发烧如日头掉落在了我的额头上，这是老天想让爹活着，想让我死去，才要让我突然发烧烧成一团儿火。想到老天想让我死时我哭了，泪水扑簌簌地掉在爹的背上、脖子上。掉到爹的脖子里，爹就知道我哭了，说：‘社，不用怕，有爹呢，你没事。’我就又问爹：‘我会烧死吗？’爹就对我说：‘怎么会。有爹呢。爹让爹死也不会让你死。’心里安慰了。爹就又背着我更加疯跑了。爹飞快地跑着路边的树就像被爹杀了样。就像我把树们杀了样。一棵棵柳树、杨树都从我眼前倒过去。都从爹的眼前朝他身后倒过去。可就是这时候，我是那么感动，感激爹，感动、感激我也没有忘了去盯着爹头上靠后的发旋儿。还又想起要抓起砖头、石头朝那旋上拍一下的事……

“我想我是有病呢，连科叔，我一辈子都没有忘记过想要杀了爹。那一次，十二岁发烧那一年，是爹生了我还又救了我，可我连那时候都没有忘记我要杀了爹。发烧到将近四十度，人迷迷糊糊像在梦里样。在梦一样的迷糊里，那一次我看见爹头上的旋儿不是和别人一样是顺时针地转。它是逆时针地倒转着的旋。发现爹的旋儿是倒转时，我觉得我找到要杀爹的原因了。就是因为他是倒转的旋儿我才想从他身后抓起石头、砖头猛地拍一下、砸一下……十二岁，发烧近四十度，可我的眼前总是出现一砖头拍下去，爹哗啦一下倒在地上，血从他头上喷出来，一地鲜红一地都是鲜花样……

“太可怕了呢，我总是想要杀了爹。爹在救我的路上我也想要杀了他。他背着我到了咱们镇子中东边那条冰河时——大冬天，那河上的白冰像冬天头上死着的白云一模样。所有的鹅卵石上都结着一层冰。那时爹背着我到那河边上，放下我，弯下腰，脱了鞋，在卷着他的裤腿准备蹚河时，我又看见他那又大又圆倒转的发旋了。我不知道是因为发烧还是那旋儿，横竖他在我面前弯腰卷裤腿，我就盯着那旋儿，不自觉地眼前出现了一片鲜血鲜花儿，红得美得如咱老家洛阳那一片殷红大红的牡丹样。你猜咋？叔，你猜咋？不敢想。真的不敢想。我那时竟不自觉地弯腰去那河边抓起了一个很大的鹅卵石。那鹅卵石和馒头、小碗一样大，结着冰，冻在河边沙地上。一只手没有从沙上揭起那石头，我就用双手去把那石头晃晃抓在手里了……真的要谢谢那酷冷的天。谢谢石头上结的一层冰。记得清楚得如白纸黑字样，我浑身发烧发烫，手上热得和火样，那石头上的冰挨到我的手就化成了一层水。谢谢那么冷的天。谢谢那小碗似的石头已经冻透了，整个石头都成了冰。成了一块冰石头。石头表面上的白冰在我手上化成了一层水，可很快那石头里的冷气又让那水成了冰，把我的双手冻在了那块滚圆滚圆的石头上。冻住了。粘住了。手冻结在那冰寒的鹅卵石上时，寒气一下从我的手上窜到我的身上、窜到我的心里啦。这一下，我浑身激灵一下子，慌忙用力甩着把石头扔在了河边沙地上。扔那石头时，因为石头冻在了我手上，响出了嗞啦啦一声揭皮声。疼得我手像被烧样。可我知道我再不扔掉那石头，我就会从爹的背后一石头砸在爹的后脑上。就会从爹的背后一下杀了他……

“我那时被差一点杀了我爹的事情吓着了。出了一身汗，立在爹的身边像河边栽在地上冰冻了的木桩样，直到爹卷起裤腿、提起鞋子，背上我又哗哗蹚进河水朝河那边的医院里跑。

“到医院，医生量我的体温时，我一点不发烧。三十七度五，正常得和天阴有雨样。和日出暖和样。医生说：‘娃子一点不烧你们急啥呀急！’爹去我的额门上摸。真的一点都不烧。‘咋又不烧啦？’一家人都盯着我这样问着我。我不答。可我知道是因为在河边我差一点杀了爹的事情把我吓得不烧了。把高烧吓退了。不烧啦，我们往回走。因为不烧一家人还在镇上吃了一顿饭。从吃饭到回去，这半天一路上，我都没有说过一句话。没说话，不是我被差一点杀了我爹的事情、念头魇着了，是我心里老是后悔我咋没有杀了我爹呢。我怎么没有杀了我爹呢！就是回家时，我爹扯着我的手，我心里也还是后悔没有在河边杀了他……想到我后悔没有杀了我爹时，我的手上又出了一层汗。爹觉摸到我手上又有一层汗，就用他的手又去我的额门上摸。又摸时，我把爹的手拿下扔到了一边去。把我的手从他的手里挣出来，我快步走到爹的面前去。我在爹的前边走。在我们一家人的前边走。我担心走在后边我又会咋样看见爹的发旋儿，会果真抓起一块石头砸在他的脑门上。就那么不言不语冰冰地走。也就从那一刻起，十二岁，发烧看病回家那一次，我决定我要离开爹。这一辈子我一定要离开村庄、离开爹。不离开爹我就会杀了爹。考不上大学复读复读再复读,这一切一切都是为了离开爹。为了离开他，离开见他就想杀他的那念头……

“跟你说，他不是我的爹。他就是一头猪。从七岁到眼下二十二，这十五年我都没有断过想要杀他那念头。从十二岁那次发烧到现在，这十年我都在后悔那次没有在河边杀了他……”

说到这儿李社的语调从激奋转到平和里。从要杀他转到想要杀他了。他说着看着我的脸，像要从我的脸上找到他到底为啥要杀他爹的原因样（那个逆时针倒转的发旋儿），可在盯着我看时，从身后工商银行的大门口，传来了“保安！保安！”的喊叫声。我俩都扭头朝着工商银行的门口看，看见穿着工行工作装的一个姑娘，手里提着该是李社提的保安棒，大声叫着朝李社连连招着手，像银行里边出了啥事儿(会不会是有人抢银行？),她的脸色通红,嘴里训斥着:“上班你不在岗位你出来干什么？岗位就是你的一切你不知道吗？”听见她的唤，李社迅速把目光从我脸上撕下来，没说话就半跑半走地朝着银行那边去。走了几步又回头叮嘱我：

“以后关于我爹李撞的事情你别再来问我啦。问我我就后悔十二岁那年没有杀了他！”

然后他就急切切地跟着那姑娘进了银行里。而我那时候，盯着李社的后影儿，沉默在他说的他要杀了他爹的举措和情景里。我不惊讶于他为啥要杀爹，而在脑里极度兴奋蹦出的一个念头是：多么好的一部小说素材哦，以后我应该把李社说的写一部小说吧？是写一部中篇还是一部长篇呢？

chapter 5 卷宗

1. 关于李撞案中李撞的审讯笔录

问：你叫啥？

答：你们不是都已经知道啦……

问：别打岔！问你啥你就回答啥……你叫啥？

答：李撞。

问：哪里人？

答：河南。

问：更具体、详细的？

答：河南省洛阳市粑楼山下的皋田村。

问：别“山下”“山下”的。行政的？

答：行政……啥是行政呀？

问：就是省、市、县、乡和村的那顺序。

答：我家是河南省洛阳市沼南县泉田镇皋田村第二小组。住在西街最南第四户。

问：身份证号？

答：身份证不是被你们收走了嘛。

问：出生年、月、日？

答：1962 年腊月二十三。

问：公历？

答：公历……没有公历。我们那儿说生日都是说农历。

问：审讯室的政策知道吗？

答：知道。

问：说一遍。

答：坦白从宽，抗拒从严。

问：把你的犯罪经过……滋事闹事的经过再详详细细说一遍。

答：还说呀？

问：说！

答：就是两年前，具体日子记不清楚了，反正我从那时开始就在北京大学未名湖的北边工地盖楼房。二十六层楼，施工质量不够好，盖盖停停折腾了两三年，还要保护文物啥儿的，所以施工进度和蚂蚁搬家样……

问：和本案无关的不要东拉西扯，只说和今天下午这滋事闹事相关的。

答：好。可说的就是相关的……我就在那工地上打着工。天天干活也没礼拜天。有时还会被派到清华大学和人民大学那儿去修路、补墙啥儿的。施工队，是专门为中关村这一带的大学服务的。我跟着这施工队干了几年啦。半月前，我在北大校园中间的一个铜像边上填着地上的一个坑……那铜像名叫蔡元培。人家说他是北京大学的老校长。第一任的老校长，那学校就是他弄建起来的，所以死了才给他立铜像。入夏到了雨季里，有雨就是连阴雨。一场雨后那铜像边的地上塌了一个坑。坑很深，和农村的墓坑塌了样。草坪都掉进坑里了。我被施工队派去填那坑，从别处拉些土过去，再把坑里的草皮捡到坑外边，填上土，夯结实，把草皮种到坑面上。我就干这些。干了一整天。黄昏时在那坑上边种草皮，一棵一棵慢慢种，和农村种麦、种菜样，把那草皮上的绿草一棵一棵栽上去……其实我有些磨洋工。发工资是论天计钱数，所以我不急。也就磨洋工。种草仔细得和我娘给补那烂了的衣裳样……

我娘八十二岁了，眼睛又花，可每次给补衣裳时……对不起，我又说得拐弯了。说回来，我这就说回来。黄昏我在仔仔细细种那草皮时，李静走来了，站在我身边，忽然对我说：

“你种得好认真啊！”

我抬起头，一看是李静。那时我不知道她叫李静呢。可一看就知道她是北大的学生呀，手里拿着一本很厚的书。手里不拿书，那叫啥儿学生呀。我就特别爱看我娃子一天到晚手里捧着一本书。见李静手里拿着一本很厚的书，我就对人家笑了笑。就这样，她说她在那儿读书读了一整天。一整天都看我没有偷懒歇一会儿。也没有磨蹭偷懒磨洋工。也就和我说起了话。也就问起了我家里的事。我就对她说，我娃子叫李社，学习好得不得了，一心一意要考到北大来读书，别的学校都不去。对她说，李社连考两年都是只差一两分。考不上了还要考，别的好学校录取也不去。别的好学校老师到我们镇上、村里、家里咋做工作也不去。就是一心一意要上北大。说他邪着北大了，坚决要上北大。于是，就复读。复读要花很多钱。我说我出门打工都是为了让娃子复读上北大……

我还对她说了很多事，她就感动了。当时就说她愿意供我儿子复读考大学。说我儿子如果今年真的考上了,她愿意替我儿子交学费，供我儿子上大学。以为她也就是说说呢，谁知道，第二天她真的去我施工的工地找到我，给我送了八千块，说我娃子无论今年是复读还是上大学，那八千块钱就作为他今年的学费用……

原来天下真的有这样的好人呀。真的有人和那雷锋样。这李静就是北京大学培养的雷锋呀。可人家是雷锋，咱也不能真的就要人家八千块。一千我就接了呢，可那是八千块。于是我就把钱还给她。她越是不接我越是要还人家呀。让来让去，退来退去，最后我熬持不过就接了那八千块。接了人家还不让我对别人说。说，说出去就没意思啦。尤其是报纸一宣传，那就更没意思啦……你们说，这是不是国家倡导的做好事不留姓名那种文明啊？……

北京大学就是好，你们看，又为咱国家培养出了一个女雷锋。这种事情我以前听说过，可从来没有遇到过。可这次，我们祖上的老坟冒了青烟啦，让我遇上啦……八千块，人家就那样白白给我啦。不要都不行。可你接了人家的钱，总得有点谢意呀。这样我就想请人家吃顿饭。我们老家那，要感谢谁就是摆上一桌请人吃一顿。以前是在家里自己做，现在是请人下馆子。我就想单独请李静姑娘下馆子、酒店吃顿饭。后来知道人家是北京大学的研究生，毕业在北四环保福寺桥那儿上着班。每天上班和下班，都从未名湖北边我们施工的楼下过，我每天就在那工地等她要请她吃顿饭。下决心花上三四百,五六百，可人家怕我花钱就是不肯呢。越是不肯咱就越感动，越要在那儿等她约她想要请她吃顿饭。不信你去问问我们村的罗麦子。麦子也知道这事儿。他还开玩笑说我一定和李静姑娘有关系，人家才肯给我这八千块。不然谁傻呀，素不相识说几句话，就白白送我八千块?

你看这——就为了这。人家是好人，怕咱花钱就是不让请。为了不让请，后几天上班还不从未名湖工地那儿走了呢。

你看这——就为了这。人家不让请，咱越是心理不落停。咱凭啥素不相识就花人家八千块钱呢?咱就是想要请人家吃顿饭……就是不吃饭，能请人家吃顿冰淇淋也好呀。夏天嘛，让请一盒冰淇淋也好呀。接了人家八千块，心理不落停。人家上班又不从未名湖的边上过了呢……就等啊，就找啊！今天终于就等着见了她。巧得很，我是因为下班早，去沃尔玛那儿瞎转悠，就在沃尔玛门口看见了她。离得远，认不清，就追着人家追到了这中关村西街的润泽小区门前边，就一定要请人家吃顿饭。说不花那么多的钱，二百、一百也行呀。尽尽心。表达表达心意。人家不肯我就求着向她跪下了……农民嘛，贱得很，没有法儿表达感谢时，就会向人跪下来。我就跪下向她求着唤：

“让我请你吃顿饭，花二百不行一百也行呀！”

“让我请你吃顿饭，花二百不行一百也行呀！”

就这事。

就这样！

我不知道这事、这样碍了别人咋儿啦。有人看见我在那儿拦李静、跪了下来求李静，就以为我是耍流氓，上来围着我就乱踢乱打了。有个小伙的耳光掴得我俩眼冒金星……幸亏你们去得早，再晚一会儿说不定他们会活活把我打死呢。连人家李静唤着"别打啦！别打啦……"他们都不理不停呢。

都说你们北京人民好，讲文明，有文化，经过今儿这事我看不一定。你们的文明、文化是看对谁哩。要对我们农民工……哼，谁都想离得远一些，走路老远都躲着农民工。可要把我们当成流氓暴打时，谁都想离得再近些，不踢不打几下就像吃了亏……我说的不是吗？你俩咋还笑……

我说的话完了。事情经过就这样。真的就是这样儿，我要说一句假话我去死。你们枪毙我。你们把我关在监狱十年、二十年！

……

问：你说的每一句话我们都记了，连一个字都没漏下去。现在我问你，我头上的标语是什么？

答：那不是'坦白从宽，抗拒从严'嘛！

问：知道就好。再问你，你真的能保证你没有假话吗？

答：当然能。我有假话让天打五雷轰！

问：法律——说法律。

答：坦白从宽，抗拒从严。我说假话了你们可以枪毙我……你们可以去问李静。对呀……你们问李静，口供一对不就实事求是啦。

问：老实说，你对李静没有别的意思吗？！

答：啥意思？

问：男女那意思……

答：男女那意思是啥意思……咋会呀！你们往哪儿想……我一个农民工，年龄都能做人家的爹……打死我都不会往那儿想。

问：你为什么要送给李静一把红色遮阳伞？

答：咱不是要感谢人家嘛。看她每天上班打的伞旧了，就想买把新的给她做礼物。

问：李静那时候为什么会唤“抓流氓！抓流氓……”？

答：抓流氓……她唤了？她哪儿唤了呀！她是大声唤着“别缠我……别缠我……”哦，对——你们说，人家李静躲着我，不从未名湖的边上走，是不是我缠着要请人家吃饭人家烦了呢……有可能，是人家烦了才不从未名湖那儿走过了……

问询人：赵强国（化名）

答询人：（李撞的签名和手印）

记录员：葛小亮（化名实习生）

2016 年 6 月 12 日二十二点三十分

2. 关于李撞案中李静的询问笔录

问：李女士，麻烦你配合一下，我们问什么，你就如实地回答什么好不好？

答：嗯……

问：叫什么？

答：李静。

问：籍贯？

答：浙江杭州人。

问：出生年月？

答：1988 年 2 月 18 日。

问：工作单位？

答：北四环中路 51 号 231 研究院。

问：职务？

答：实习期。没职务。

问：工作证号？

答：NV2396 号。

问：今天事情的经过？

答：都说吗？

问：越详细越好。

答：事情是这样的——半月前，应该是 6 月 1 号，因为单位要进行一次业务外语考试，我就又到北大校园去复习。我原来是北大计算机系的学生，本科和研究生都是这专业。因为在校时，考试前的复习都会在校园的树林、草坪的人少处。现在毕业了，工作了，要读书、复习都还在校园里。润泽小区又离校园那么近。6 月 1 日这一天，我又在老校长蔡元培雕像的附近复习和读书。一天都在那儿读。一天都见李撞在那儿默默地拉土、填土、种草干活儿。前几天下了雨，蔡元培的雕像边上塌了很大一个坑。李撞是个农民工，那一天他都在填那塌坑干活儿。我看他一天在那干活没有坐下歇一会儿，中午吃饭是干吃了两个冷馒头，吃完了就去旁边扭开浇花的水龙头咕咕喝生水。其实中午时，我都想去学生食堂给他买两个炒菜端一碗汤。我虽然毕业了，可身上还有别的同学的学生卡，学校的饭菜便宜又好吃。说一说，却犹犹豫豫并没有给他买饭买两个菜。可我去学生食堂吃完饭，回来见他吃完馒头趴在水龙头上喝那生水时，就觉得欠他什么了。有些对不起他了呢。人的感觉怪得很，一旦你觉得欠了他什么，就会老觉得欠着他，不还他就会觉得越欠越多、越欠越大，开始是欠他一块钱，到后来你会觉得欠他一百、一千块。

我对李撞就是那样儿。中午我回小区睡了一小觉。睡觉时因为觉得欠他什么反倒没睡着。下午又到那儿复习英语时，老觉得欠着他，就时不时地看他一眼儿。见他连种草也那么认真细致，一棵一棵，种歪了还要去扶正那些草，和杭州郊区的农民种菜样，就忍不住去和他说话了。没想到，他的家里那么穷。没想到，他儿子在贫穷山区学习那么好，连考两年北大都只差一两分。没想到，他儿子除了上北大，别的学校再好也不去。没想到李撞为了让儿子复读，在外边打工，吃冷馒头连一包榨菜都舍不得买，觉得世界上最好吃的东西是火腿肠……我真的是被李撞家的事情感动了，何况他和他儿子的全部努力，都是为了考进我的母校里。于是就觉得应该供他儿子复读或者上大学，第二天就找到他给他送了八千块。八千块，正是我们学校一年的学费。这八千，对我们来说说不上多，也说不上少，但真的不是一个大问题。我父母亲工作都在教育上，工资高，我又一上班每月都是两万多。真的是给他八千块钱不算一个啥事儿。可是没想到，为这八千块，他一定要花钱请我吃顿饭……要说陪他吃顿饭也没啥事，可不知为什么，我宁可给他八千、一万、两万块，也不想和他坐在一块吃顿饭……

我不知道这是啥心理。可能骨子里还是瞧不起人家吧。觉得和他单独坐在一块儿吃顿饭……怎么说，一想到我要和他坐在一块儿吃饭……身上就像长了虱子、爬了虫子样。所以说，他几次在未名湖那儿拦我要请我吃饭时，我都慌忙拒绝，慌忙撤着身子走掉了。他在那儿拦我、截我共三次，每次拦我、截我说请我吃饭时，周围的人都用很奇怪的目光瞅着我，好像我有熟人、亲戚在那干活、打工是很丢人的事。为了不让他拦截我，不让他大声吵吵着请我去吃饭，有几天，我上班、下班都不从校园里边穿过了。我走校园外，绕到中关村大街，再绕到北四环的辅路上。可是没想到，今天他不知怎么就突然在我下班回来时，出现在了小区门口。这就发生了下午的事……大家打了他，你们还又抓了他……

问：听你这么一说，抓他还是我们的错？

答：谁都没有错。是一场误会吧。

问：那你为什么在那儿大唤“抓流氓！抓流氓！”？

答：抓流氓？！……我没唤呀。我是对李撞唤着“你别缠我，别缠我”！

问：旁边的群众可不是这样说的呢。群众都听得很清楚，说是听你大唤“抓流氓”，才都围上去解围，动手打了李撞的……当然，动手把他打得那么重，群众也是有错误，细追细究也是犯法呢。

答：群众犯法不犯法我不管，可李撞真的没犯法。他对我没有半点侮辱那意思。我真的也没有唤叫“抓流氓”。真的我是对李撞大唤“你别缠我，别缠我”！可能这就是我说的我可以大大方方给李撞八千、一万块，但不想单独和他坐下吃顿饭的心理吧。每一个城市的人，北京的人，润泽小区的人，都对农民有着同情心。可有这种同情心的人，如果他们看到一个农民工和一个城市的又是北大的学生坐在一起了，那就怕不再会是同情心，而是莫名其妙的不解、猜妒和……抱怨吧。所以说，一听到我的呼叫，又看见李撞跪在地上拉扯着我，我再因为慌乱唤得不清楚，他们也许就想当然地认定李撞是流氓，一定是要缠我侮辱我，就围攻上来救我了……

问：那么……李撞为啥要给你送把伞？他真的没有别的意思吗？

答：那就是一把伞。看我的花伞旧了不好看——那是他的审美嘛，就要买把新伞做礼物，是和请我吃饭一模一样的意思吧……怎么说，你们也不能因为一个农民工要请我吃饭，要送给我礼物就把他关起来！

问：你还有别的要说吗？

答：今夜能放李撞吗？没啥事就把他放了吧。

问：法律是有程序的，不是你说没事就可以放人的。

答：你们不放他，我就不离开你们派出所。我不能因为我，让一个人无缘无故地被抓起来。

问：哎，你这姑娘……还北京大学的研究生，你懂点法律呀！法律程序你知道吗？我们不能听你说李撞没事就没事。我们还需要其他有效的证言和材料你懂不懂？

答：我懂！可在今天的事情上，我的话是最有法律效力的证言和材料！

问：……

答：你们放不放？要关他超过二十四小时你们可也是违法呀。

问：我就纳闷啦，你是受害人……你们俩到底是什么关系呀？

答：现在说什么关系都行呀。父女关系，同事关系，恋人关系……

只要你们能尽快放了他。

问：你走吧，现在半夜了。我们抓紧再找几个证人问一问，如果真如你说的那样，我们明天上午就把他人放了。

……

问询人：赵强国

答询人：（李静的签名与手印）

记录员：葛小亮

2016年6月12日二十四点四十分

3. 关于李撞案的证明信、保证书和结案书

证明信

我证明我们村的李撞和北京大学毕业的李静姑娘确实以前都认识。李撞在6月6日给我说过这庄（桩）事，说他几天前有天下午在校园菜（蔡）元陪（培）的像边填坑种草时，李静在那学习，了解了李撞家的困难，要支（资）助李撞的娃子李社读书，给了他八千元的人民币。他感激不过，就想请人家吃顿饭。还和我商量过去哪请人家，要花多少钱……

后边的事我就不知道啦。

证明人：罗麦子（农民工）

身份证号：XXXXXXXXXXXXXXXXXX

2016年6月13日八点二十分

证明信

我证明，2016年6月12日下午六点二十分左右，在本润泽小区门前，不知道为何有一农民工模样的中年，突然拦截住在本小区二号楼的李静小姐。二人有纠缠行为。李静有了大叫声，具体唤叫什么，因事发突然，并未听清。而我当时正在路边商场购物，刚好出来看到一群人正在把中年农民工按在地上群殴群打。李静确实在边上焦急地大唤："别打啦！别打啦！"

之后，街道派出所的民警及时赶到，制止了群殴，带走了那位中年农民工（李撞）。

证明人：柳水菁（润泽小区居民）

身份证号：XXXXXXXXXXXXXXXXXX

2016年6月13日九时

保证书

我叫李撞，籍贯是河南省沼南县皋田镇皋田村第二小组人，在北京大学富强建筑队打工。2016年6月12日下午，因李静同志要资助我娃子读书，给了我八千元人民币，为了感谢，我反复请人家吃饭人家不肯，于是，就追到润泽小区门前拦截人家。因为行动过激，发生误会，造成了一场不小的混乱，为北京的和谐社会和国泰民安，添了乱子，制造了麻烦。这次街道派出所的民警同志，把我带到派出所后，让我吃得好，住得好，教育得好，我很感动。因此我保证，出去以后，好好为北京的大建设添砖加瓦，出力流汗。以实际行动，迎接党的十九大的召开。遵守习主席的教导和纪律，好好干活，好好做人，为建设蓝天北京、和谐北京，做出最大的努力。

请民警同志放心，我一定会做一个遵纪守法的好民工。

保证人：李撞（签字、手印）

代笔人：李静

2016年6月13日上午九点五十分

结案书

关于农民工李撞在我派出所之辖区，中关村西街11号润泽小区门前滋事闹事一案，经过认真调查、询问和各种知情人的了解与证明，李撞与李静，确系我们社会所倡导的城市人资助贫困山区青年读书计划的实施资助与被资助之关系。所滋之事，有误会成分，但也造成了一定范围的社会混乱。经教育，李撞不仅错误轻微，而且认错态度很好，所以，于2016年6月13日十点二十分使其离开，回到北京大学富强施工队继续打工，为迎接十九大的召开，营造良好的自然环境和社会环境。

（润泽街道派出所公章）

2016年6月13日

chapter 6 速求共眠（二）

1

为了成就我因膨胀的激情而动念的自编、自导、自演一部电影的奢望，以满足我人到中年对名利渴求的妄愿，诚实而言，我是下了功夫，做足了功课的。当然，也不能忘记顾长卫给的我五十万人民币的鼎力相助与支持。没有那五十万，也许事情就不是今天这样儿。说一千，道一万，还是要感激顾他给的钱。世界上的万事万物，一切高尚的理想在实施的过程中，皆需要钱的恩善和支持，这实在是一道讽刺的悖论和荒谬。就是直到今天之事后，我在写作这本《速求共眠——我与生活的一段非虚构》的小书时，也还为我那时的热情感到滑稽、可笑和心动。我甚至都不太能相信，我这个如此慵懒、无趣的人，为什么会为一时之激动，付出那么长时间的兴奋和激情。会从 6 月 14 日坐高铁赶回老家，在短短的三天时间里，就采访了李撞和他的母亲，洪文鑫和他的儿子，还有李撞的左右邻居郝民和林小芬。这其中还不包括饭前饭后、睡前睡后和我母亲、姐姐们的谈话、聊天，和他们谈论李撞和李撞一家的日常与怪异，意料之内或意料之外的发生和皋田人道听途说的议论和猜测。更无法想象，我会在那仅有的三天时间里，拿出大半天，拉上我的一个同学加战友，一早骑车从我们村里出发，到来回五十六里耙耧山脉深处的桃园村，了解、采访了只有点滴泄露而其他人完全不知的一桩事。这桩隐秘、真实的事件，成了后来我创作电影剧本《速求共眠》中最为重要的情节和人物百怪千奇的发动机。那事情如同我要寻找银行时，抓到了一把金库的钥匙般。那时候——老实说，电影中我准备出演的那个男一号——李撞那个人物（是入木三分吗？算不算在电影人物的画廊里，我也为之增加了一个伟大而不朽的形象呢？），在我心里就如我自己栩栩如生地活在这个世上样。尽管如此——也许是为了要向顾长卫等证实我的诚信与认真，并不白白首先索要他五十万元人民币，16 日傍晚回到北京后，17 日我就又采访了也要成为电影人物的生活中的原型罗麦子和李撞的儿子李社等。而且出乎我意料地，通过适当或不适当的途径，到润泽派出所，真真假假、虚虚实实，与办案民警聊了大半天，既说理又求情地竟也看到了李撞社会滋事一案中最原始的全部审讯笔录和其他的卷宗与材料（把它们通过手机拍照后，几乎原封不动地搬进小说是不是一种违法行为呢？）。到末了，民警朋友还自掏腰包请我吃了一顿饭。在这个过程中，他们当然不知道，我那时已经有五十万元在我的卡上睡得沉稳而香甜，并不时发出急于醒来消费的呼噜声……总之，该做的事情都做了，该有的素材都有了。我可以坐下创作我的电影剧本《速求共眠》了。

6 月 20 日，我坐在书房写下了电影剧本的故事大纲。

6月21日，写了故事中出现的主要人物之小传。

6月22日上午，和顾长卫通了很长时间的电话，讨论了剧本创作中应该注意的要点及事项，确定了一些原则性问题，比如剧本的艺术性和必须审查通过的技巧性；比如在保证审查通过的前提下，为独一无二的故事而努力；为独一无二的主要人物而立传；人物对话要准确而精少，能用细节、心理变化的，决不让人物用话说出来等。我们彼此相谈甚欢，似乎不谋而合。可放下电话后，我就把我俩边谈话边记在一张纸上的创作要点和注意事项揉成一团扔进了纸篓里。接着又莫名其妙、无所事事地约上了蒋方舟和杨薇薇，到北京大学东门正对着的成府路大街吃了一顿饭。在那饭桌上，我借助她们尊师的习养，无聊，吹牛，夸夸其谈（每部作品在动笔前，我都有这种寻找听众夸夸其谈的坏毛病）。然后，我就回家写作了。很快在稿子上写了这样两段人物限定性的话：

人物

李撞——河南乡村人，五十余岁，但看上去也许更老，因为生活和经历所致，他身上有一种焦躁不安和莫名之烦恼，这种来自生命的情绪，似乎总在等待一种类似向现实复仇的发泄。于是他就在自己的生活和生命历程中，有些怪异、莽撞、无来由的歇斯底里。然其结果，因其内心所使，又最终总是走向平和与静缓，如耶稣复活后，变得更加平静、舒缓、宽容和伟大样。

李静——二十四岁左右，北京大学计算机系刚毕业的研究生，杭州人，秀丽、专注，才华横溢，但却在性情与性格上，有些固执和敏感。她因知道自己固执而敏感，又因其敏感而更固执，但却又同时显出一种当代青年女性柔韧和不失坚守的美。虽在故事中的表现，有些与李撞相似却又完全不一样的不安和焦躁，但这一切的缺陷都如维纳斯的断臂般，无法遮掩她本质单纯、善良和天使般的美。而与此同时，与李撞一样，命运中彼此的相近与相异，都正彰显出我们这个伟大时代的丰富、复杂和不确定性的矛盾、现实与未来的各种可能性。

然后……然后电影故事中的其他人物与情节，在我笔下就像坏了龙头的自来水，一旦打开，想止住流淌几乎是桩不可能的事情了。上午写，下午写，晚上继续写。一场戏，又一场戏。一个情节，又一个情节。其速度无法想象，写作的快感也无法想象。我不知道那么快捷流淌的写作，是有赖于我那大量的采访和生活之积累，还是有赖于名利膨胀成的创作激情或者名利发动机。三天后的6月25日凌晨两点钟，在剧本的最后一页写上“完稿”二字时，我长长地舒了一口气，望着那一叠叠的白纸黑字之手稿，体会到了腰酸背疼的高潮与快乐，宛若一个士兵在战场上用一点可以药救的负伤而赢得整个战役的伟大胜利样。之后等待那位士兵的，将会是凯旋、鲜花、勋章和无尽的对英雄的赞誉和歌颂。

6月25日上午，我把剧本看了一遍，做了轻微的伤补和修改，下午，就让人送给杨薇薇帮我收录打印了。26日晚，从邮箱收到杨薇薇完美无缺的剧本电子版（很遗憾，没有同时收到她对剧本的赞扬声），连夜我又进行了校对和修正。第二天，我就把这个改定的剧本发给了顾长卫、蒋方舟（她正在南方出差）和郭芳芳。

种植已经完成，收获即将到来。水分、阳光、沃土与滋养，季节与锄草，春风和雨露，还缺什么呢？顾、蒋、郭，还有杨薇薇，现在你们可以静心阅读那部不一样的电影作品了，可以看到真实而令你们意外的李撞、李静、李社、麦子，还有张华（这个人物身上的部分情节是虚构的）的命运了。那么，这部《速求共眠——我与生活的一段非虚构》的读者们，我也请你们，现在与那时的他们一样，来阅读李撞一家与李静等人在北京中关村西街润泽小区那一夜的电影故事吧。

2

速求共眠（电影剧本）

——根据真人真事改编

（说明：这是一个几乎完全发生在北大附近的真实故事，人物、事件、环境，都是现实生活的真实存在。但为了艺术和拍摄的需要，我把真实故事中的时间、地点及情节，做了部分的挪移、集中、加工和想象）

人物

李撞——河南乡村人，五十余岁但看上去似乎更老、更沧桑。

李静——二十四岁左右，北京大学计算机系刚毕业的研究生，南方人。

张华——某国企下属的231研究院院长，四十来岁。

吴敏慧——李静读研的闺密，与其同租宿舍住在北大附近。

麦子——三十余岁，和李撞一块打工的农民工。

工头——四十余岁，麦子和李撞的包工头。

李社——二十一岁，李撞的儿子。

吴国强——李静的毕业学兄。

赵明——李静的在校学兄。

警察、张华妻、售货员、男同学等等若干。

1. 北大门前 十字路口 午 外 烈日

这年盛夏的一天，北京天气闷热，酷燥异常，几乎所有路上的汽车前玻璃都挂着遮阳布；所有的女性行人，都举着遮阳伞。

在北大门前的某个路口上，农民工李撞用棍子挑着一个巨大的王八在卖。而他持棍的左手食指是个断手指，鲜明而突出，似乎在讲述着一段不为人知的什么故事。他站在路边唤头唤卖，举止行为和附近的建筑及进进出出的北大学子们，显得极不协调。

李撞：要不要？要不要？大补啊！

李撞：要不要？要不要……

李撞逢人便喊，路人都不屑地朝他一看，匆匆走去。

李静骑着一辆鲜艳的新自行车，从北大附近的胡同里出来，因天气过热，她在脸上罩了遮阳纱，到李撞面前时，突然那只巨大的王八伸在了她的面前，吓得她一下从自行车上掉了下来，差点摔倒。

李撞：要不要？便宜卖，二百块。

李静不耐烦地看看，推着自行车躲着李撞。

李撞追着李静。

李撞：姑娘——一百五十块！买了送给你们领导，你就会一天好运气——是一年好运气，一辈子好运气！

李静慌忙骑车走去。

李撞一脸汗珠，失落地站在马路中央。

有小车开来，在李撞面前紧急刹车。

李撞以为人家买王八，一喜，把王八举了过去。

李撞：哎……王八……

司机（大怒）：不活啦？！滚！

李撞慌忙退回到路边上。

李撞有些茫然、无奈地看着来往的人群和大街。

身后的建筑工地上，麦子在楼顶大喊。

麦子：李撞——干活啦！

李撞听到唤后，望望烈日、工地，最后怏怏而回。

2. 北大附近写字楼 日 外 林荫大道

一座现代精美的写字楼前，挂着“231 机械研究院”字样的牌子。旋转门外，环境整洁，绿茵遍地，修剪过的花草依次铺开。

研究院院长张华自驾崭新的豪车上班开来，车的牌子都还未及去上。他刚把车在地库停好出来，就在大厅远远看见了来上班的李静，于是脸上有了犹豫之色。之后他朝边上闪了一下，欲走，又迟疑着转身回来，在大厅等着李静。

李静笑容满面。

李静：院长，这批机械数据算好了，A 项是 32735，B 项是 49780.2。

李静递上满纸公式和数据的资料，张华犹豫着未接。

张华（内疚地）：李静，我张院长对不起你……从今天起，就不用再来上班了。

李静愕然。

张华：别问我为啥——我给你多开三个月的工资，多发三个月的奖金。

张华言毕，转身走去。

李静站在原地发呆，似乎没有醒转过来。

3. 研究院 日 内

研究院内整洁、明亮、现代。

李静表情木然地走来。

李静到院长办公室门前站住，推门而入。

张华看见李静，慌忙放下手里正打着的电话。

李静郑重地把那沓数据资料放在张华面前，冷而有些坚毅地问。

李静：你得给我说个为什么！

张华（嗫嚅）：……我给你多发半年工资、半年奖金。

李静（坚决地）：我不要钱，我要工作。半年前我来院里实习时，我们是谈好把我留在院里的；说只要我表现好，院里就把今年大学生的进京指标留给我。

张华无奈并无语，最后只好沉默一会儿，朝外走去。

李静随后，一直追着走去的张华。

4. 厕所 内

张华在厕所从容地洗手、擦手、烘干。

张华从厕所门的玻璃上朝外看着。

然而，张华从厕所开门出来，发现李静依然站在男厕所外固执地等他。

李静：我所有的同学都工作落实了，他们也都知道我在研究院就业上班了。现在你让我走，你毁的不是我一天一年，而是一辈子！

张华不耐烦地低头走着。

李静紧跟其后。

李静：我到院里半年来，无论是国内的数字核准，还是国外的数据翻译和核校，都谨小慎微，连0.01的错误都没犯过；就是作为办公室的文秘到你家，我也和保姆一样，帮你家拖地、买菜、哄孩子……

张华听着撇着，走得更快。

李静又紧追两步。

李静（大声）：张院长——你们家装修的每一根管道都是经过我算的，连你夫人用的卫生巾都是我按她的要求去买的！

张华淡了步子，但没回办公室，而是想想，又躲着李静拐弯，朝车库走去。

李静一直跟到车库，看着张华开车走远。

5. 北大附近工地　日　外

这儿一片凌乱，噪音隆隆。

李撞扛着一袋袋水泥朝搅拌机前倒着扔着，面前不断腾起飞扬的灰尘。

那只没有卖掉的王八，挂在路边的一棵小树上。李撞再次走来时，用小木棍捅捅王八的头，那王八迅速把头缩了回去。

李撞把太阳下的王八取下，挂在了另一边的树荫下，并用一个水泥袋子在树枝上给王八撑起一把遮阳伞。

远处的麦子手在嘴上握成喇叭唤叫着。

麦子：李撞——你在那儿耍啥王八呀！快些扛，这儿的机器等着哪。

6. 研究院车库 内

时过很久，日已西偏，但太阳依旧燥热。

张华终于又开车回来，进了浩大整洁的地库。

张华下车锁车，担心什么似的左右看看。

张华放心地朝地下电梯走去。

李静意外地从一个柱子后面闪了出来，横在张华面前。

李静前后看看，见地库别无他人，默一会儿突然生硬地说道——

李静：张院长，你把我留下工作，帮我申请进京指标，我愿意把身子给你，愿意陪你……

张华更感意外，听了半截慌忙走开。

李静盯着欲走的张华，上前两步拦住他的去路，拿出了最后的资本。

李静（小声而肯定）：我还是处女。

张华愣了一下，更快地闪躲着到了电梯门口。

张华按着开了门的电梯键，扭头半是解释半是讥讽地大声说。

张华：你还是处女啊，怪不得！今天回去先把你的处女膜破掉吧——破掉你就知道现实社会不是0.01和0.02的事情了，就知道……

张华话未说完，电梯门开，他止言而入。

李静茫然地站在空无他人的一片豪车地库里。

李静突然对着电梯里的张华反弹一样暴怒大喊。

李静：张华——你还是一个海归哪，唯我为尊、独断专行——我告诉你，我这一辈子就是回到老家当小学老师都不会再求你，不会再来研究院！

李静话一落音，张华关了电梯门。

李静只好呆呆地站在那儿，把脚下的一个小砖块朝电梯门狠狠地踢过去。

7. 北大附近 李静租房的小区 日 外

烈日。沉闷。寂静。

小区的自行车棚里长长一排停放的自行车。

李静极度沮丧地推车回来。

李静在一排自行车头上扎车、锁车后，莫名地站在那儿。

李静忽然把自己的自行车用力一推，眼看着自己的自行车砸倒了两辆自行车才转身走去。

边上一个玩滑板的小男孩瞪大眼睛，吃惊地望着李静。

李静回身朝自己的租屋走着。

玩滑板的男孩一直不解地看着李静走远，才熟练地滑着滑板离开。

而此时，因某个被砸的自行车站立不稳，那长长的一排自行车又开始如多米诺骨牌样继续哗哗地倒着，且还一倒而不可收拾，一直倒到最后一辆。

李静听到倒车的声音，转身后一直站在那儿远远望着。

8. 李静住处 日 内

单元房内，李静从楼梯走上二楼。

李静正欲开门，门却从里边突然打开。

李静的女同学吴敏慧和她的男朋友从屋里出来。

吴敏慧落落大方，可她的男朋友却有些紧张羞涩。

李静意外地闪到一边望着他们。

吴敏慧（介绍）：我的新朋友司马海；这是我的闺密——李静。

李静和司马海彼此点头。

吴敏慧拉着男友欲走。

吴敏慧：李静，对不起啊！刚才我们慌不择路了……今晚我们住宾馆，把房子留给你。

他们走后，李静进屋，又听见吴敏慧的喊话交代。

吴敏慧：别浪费房间啊！

这是一套公寓房，卧室、客厅都在一个较大的空间内。墙上挂有醒目而又抽象的百元人民币的油画作品。

李静进屋后看看茶几上吃剩下的水果和西瓜皮，看看随地扔着的吴的拖鞋，她用脚把那拖鞋慢慢地踢到门后，并用脚把吴的男友用过的拖鞋踢摆整齐到墙下。

李静回身，又突然看见窗下桌角上放着一个醒目的避孕套的空盒子，她厌恶地拿脚在桌腿上踢了一下，抽出一张餐巾纸垫着，用手指捏起盒子，扔进了废纸篓里，然后疲惫地坐在了自己的床上。

李静本能地感觉到什么，又起身打开自己那被拉乱的毛毯，忽然看到异常干净的床单上，随手扔着几本书（曼德拉的《漫漫自由路》或别的书籍）和一片做爱弄脏的污渍。

李静似乎明白过来，气愤地冲上阳台，欲唤欲骂时，看见闺密和男友已经亲热着走远，最后只好望望吵嚷的大街和北大的偏门，从阳台上退了回来。

李静站在床前发呆。

李静又本能地掀起自己的枕头，看见了枕头下吴敏慧和她男友做爱后用过的一团卫生纸和从那纸里漏出的用过的避孕套，她忍无可忍，彻底爆发，忽地抓起枕头和那一团脏纸摔在地上，又扯下床单用脚跺着踩着。

李静有些歇斯底里，看见茶几上半尺长的菜刀（水果刀）后，一把抓起那刀，用刀在床单上一下一下捅划着。

床单上一片捅破划开的洞口。

李静捅划一阵，扔下刀子，又哗哗地撕着床单。

李静把房间弄得凌乱不堪，也把自己折腾得精疲力尽，最后终于满头大汗地蹲在了地上。

李静望着对面吴敏慧干净、整洁的床铺和床头上她分别和三个男友的三张亲密无间的合影，不言不语，拿起地上的枕巾，擦了一把脸上的汗，有两行极度委屈的泪水，莫名地流了出来。

9. 北大附近 日 外

高楼、人流、车流和喧嚣。

北大门前进出的学子们……

10. 李静住处 日 内

李静宣泄后木然地坐在地上。

李静似乎从宣泄的焦躁中安静下来。

李静扭身拿过空调遥控器，打开了空调。

在空调风中，李静把目光落在被自己撞倒的废纸篓上，那个避孕套盒，正好挂在废纸篓的最上端。

李静的目光落在了那个避孕套的盒子上。

屋内沉静异常。

李静盯着避孕套盒目光有些迷茫……

李静盯着看着，那个避孕套盒刚好自动从废纸篓上端掉落下来。

李静盯着落在地上的避孕套盒子一动不动。

最后，李静有些疲劳地蹲在地上拿起避孕套盒看了一会儿，慢慢放下，若有所思，取出手机。

李静经过犹豫，似乎拿定了什么主意，开始翻着手机上的通讯录。

李静的目光停在了吴国强的名字上。

李静终于拨通了吴国强的电话。

11. 北大门口 外

吴国强年轻帅气，戴着墨镜，有些公子哥的样儿，正开着一辆跑车朝北大校内进着。

电话铃响，吴看看名字，接了电话。

吴国强（面带笑容）：李静两年了……你还会主动给我打电话呀。

12. 李静住处 内

李静对着电话犹豫不语。

吴国强在电话中的声音。

吴国强：说话呀，是不是谈了新男友觉得他哪都不如我？没有我的工作好，没有我钱多，还没有我酷的分数高……当然，我还是一个北京人。

李静听着，最后主动挂了电话。

13. 北大院内 外

吴国强开车在北大院内也关了电话。

吴（自语）：神经病！

吴把手机扔在了邻座。

14. 李静住处 内

李静继续在翻看自己手机的通讯录。

李静终于又下决心拨通一个电话。

接电话的是正走在未名湖边大他几岁的在读博士赵明。

李静在电话上单刀直入，非常直率。

李静：赵明，我是你师妹李静。我想让你到我房间来一下。现在——就现在！我的住处只有我一个人……

赵明听了此话，慌忙左右看看，朝路边躲着。

赵明：李静，你怎么了？有事吗？

李静：有事。急事——我需要男人。我想让你到我房间来……就是现在，一分钟我都不愿等！

赵明吓得把电话从耳边拿开，看看手机和左右，又把手机放回到耳朵上。

赵明：师妹，这个玩笑开不得，我都已经结婚了……

李静：你来还是不来？放心，我不会赖着你。现在我就想和一个男人在一起，哪怕只是喝杯咖啡说说话，面对面地坐一会儿。

赵明（推托地）：我的博士论文还没写完，现在正去找导师讨论哪……

李静不语。

赵明：师妹……师妹……

李静再次挂了电话。

李静又拨了一个号码。

忙音。

李静又拨，忙音。

李静的电话通讯录很快到了最后。

李静犹豫一会儿，最后再次盯着第一个吴国强的名字。

15. 北大校内

吴国强正开车从北大校区朝外走着，这时他摘了墨镜，貌似斯文并很有修养的样。而在他身边坐着的，是一个相貌单纯的女生，显见这是他正追求的一个新学生。

手机响起，吴看看李静的名字，动了一下电话键，开车驶向四环路。

16. 李静住处

李静看吴没有接电话，等电话响出“对方不在服务区”

的声音后，她又固执地再次拨通。

吴国强听着电话铃声，看看路边“机场方向”的牌子，只好接了电话。

李静：吴国强，为了你，我放弃了读博，放弃了留校的可能……现在，我想满足你，想和你在一起说说话，然后把我的一切……都放弃掉！

吴听出了李静的言外之意，变得君子一般。

吴国强：李静，你认错人了。我吴国强是除了爱——最纯粹的爱，什么都不需要的人，包括性和洛丽塔的身子。对你说，没有爱，性就是一束罂粟花。

说完，吴佯装磊落地把手机调到免提，放在挡位旁。

吴身边的女生感到意外而敬重地望着他。

而李静，这时则盯着手机哑然无语。

手机中继续传来吴虚伪的声音。

吴国强：李静，没办法，我不会满足你。谁让我们都是北大的毕业生，谁让我想要成为中国最好的知识分子哪？

李静终于忍无可忍，把手机甩在了床上。

手机中依然是吴的声音。

吴国强（极度嘲讽地）：是把手机甩在床上了？别这样——听我说，在性的问题上，这个世界上没有谁能配上你献身。守身如玉，则品德如昆仑。如果你守着了处女身，你就守住了我们中华民族伟大的传统美德了！为了祖国，为了我们民族，你一定要守身如玉啊……

李静完全被侮辱所击垮，她再次抓起手机，摔在了门口的墙下。

这次手机落地，响出了嘟嘟的声音。

而李静站在屋内，咬牙切齿，气得双手捏拳跺脚。可随着她的跺脚落地，从脚尖挑起的是那个避孕套的盒子。

李静低头，望着那个盒子，凝目而视，一动不动。

17. 工地 外 烈日

烈日行走。挂在小树树荫下的王八，又处在烈日之下，龟头在慢慢伸动。

李撞光背大汗，满脸尘灰地在扛着水泥。

李撞看见工头和另外两个人从别处走来。

李撞扛着水泥在王八边上等着。

工头走近。

李撞（巴结地）：哎——这王八你吃吗？大补。

工头没有理他。

李撞：送给你的，不要钱。

工头看看，不搭理地从他面前过去。

最后，李撞扛着水泥追上。

李撞（嗫嚅）：哎，不给我八千，能不能……再借给我五千。

工头（不冷不热）：借！借！每天都有人来借钱，我要都借给你们，我他妈早被借垮啦！

李撞无言，站在那儿等工头走远，他把肩上的水泥摔在地上，顿时腾起一片烟尘。

李撞在烟尘中待了许久，最后转身，又从凌乱的施工楼梯，朝楼上慢慢爬着。

18. 李静住处 内

李静坐在桌前，背对屋门。

而她面前电脑的桌面上，是最大字体的两行字：

人生绝处，

谁能与我共眠？

李静盯着那字，键盘迅速响起，那两行字变成了——

人生绝处

速求共眠

19. 楼顶工地 烈日 外

在十几层的楼顶上，工头正向年轻的农民工麦子交代着什么。

李撞慢慢走来，几近哀求。

李撞：哎……哎……这样吧，你提前给我五个月的工钱，从现在起，我给你干够十个月，这十个月我分文不要。

工头又看看李撞，扭头走开。

李撞（追着）：我白干一年行不行？！

工头坐着卷扬机的罐车下楼，平静回话。

工头：我不剥削你们，你们也别欠我的。

李撞木呆无言。

卷扬机罐箱慢慢消失。

李撞无助地站在楼顶，看看烈日、天空和楼下大街上的繁华街景，最后把目光落在了北京大学的门口上。

那门口的学子们不断。

有一个轰隆震动的声音，把李撞从茫然中拽出。他扭回头来，看见麦子正把脚手架的木板扛着堆到一边，坐在那儿抽烟。

李撞朝麦子走去，途中拿起地上的流水皮管，咕咕地喝着。

李撞到来，坐在了麦子身边。

年轻的麦子，递给李撞一支香烟。

麦子：你不该叫他“哎……哎……”，你得叫他王总。

李撞有些不解。

麦子狡黠地笑笑，从李撞的光背上，揭下一块晒脱的薄翼纱皮，对着太阳照着不语。

李撞看看麦子举起的自己背上的纱翼皮，又看看楼下清晰可见的北大校门，莫名而有力地自语。

李撞：妈的，真想杀个人啊。

麦子一怔，扔了手里李撞的脱皮。

麦子：真想？

李撞看着麦子。

麦子从口袋取出一个烟盒看看，见里边没钱，又取出一个装电池的老式手机，打开电池盖，从盖内取出一张百元的钞票，朝李撞递着。

麦子：真想杀？买刀去。

静一会儿，李撞突然夺过麦子的钱，也对着太阳辨着真假。

麦子：真钱，放心。

20. 沃尔玛商场门前 外 落日

北大附近的沃尔玛门前广场上，人进人出，热闹异常。

李撞和麦子并肩朝商场走来。他们洗了脸，经过了简单收拾，但在人群中，农民工的样子依然突出。在商场入口处的门前，他们看见边上有一卖甘蔗、菠萝的商贩，娴熟如艺术般旋削着菠萝皮的刀子，长而锋利。于是，他们过来站在卖菠萝的摊位前。

商贩：买吗？

李撞：买。都买完，刀也买走，卖不卖？

商贩一愣一笑：大哥，别这样，咱们出门都不易……

麦子（推着李撞走去）：里边有好刀。

到商场门前，他们又见与商场相邻的专家公寓楼那儿，围有许多人，如看戏一般，李撞又好奇地朝那儿望着。

麦子：撞哥，你到底买不买刀？

李撞收回目光，二人进了商场。

21. 商场 内

李撞和麦子在沃尔玛超市边走边看。

显然，麦子在这儿比李撞熟悉，他引着李撞径直走着。

麦子：这边，在这边……

麦子把李撞带到了刀具柜前。

他们在挑选着各种菜刀。

麦子一眼看上了完全可以杀人的一把钢刀。

麦子：这把怎样？

李撞（提刀试了几下）：就它吧！

他们拿刀交钱，到收银柜服务台前，服务员不断地打量着他们俩。

麦子（聪明地）：做饭用，他是厨师。

服务员：身份证——买这种菜刀需要登记身份证。

麦子欲取身份证时，想起什么，又面对李撞。

麦子：我忘带了，你的呢？

李撞犹豫。

麦子自己动手，去李撞身上摸了两个口袋。他从李撞的第二个口袋里摸出一个破旧的硬红纸叠的钱包。那红纸是揉皱的“三好学生”证用纸。而且“三好学生”四个字刚好在钱包正面还依稀可见。

麦子打开钱包，里面包着李撞的身份证和一些零用钱。

麦子向服务员递上李撞的身份证和自己的一百元钱。

他们买刀后，麦子把刀塞进李撞的后腰盖好，两个人朝商场出口走去。

22. 专家公寓楼 落日

李撞和麦子从商场出来，他们又不自觉地来到专家公寓楼前的人群边。这座专家公寓，古香古色。“专家公寓”的大牌子异常醒目。显而易见，从这儿进出的人多为国内外的知识分子。

人群里面，经过精心打扮的李静，如换了一个人样。她艳丽、端庄，穿着裙子，站在那儿不言不语。而在她胸前，竖着一块如运动员入场一样的牌子。牌子上贴着一张醒目的奖状。奖状的纸上整齐地打印着一行诗句：

走近我，速求共眠。

李静表情木然，如行为艺术样在那儿站着不动。

从专家公寓进出的人群中，有中国人也有外国人。其中几个正举着手机朝李静照相；有的照完后在发着微信、微博和手机录像直播；还有人不屑地看看，提着行李物品匆匆离开。

李撞和麦子走来，他们从人缝朝里望着。

李撞似乎认出了李静，朝里挤，又一遍遍轻声念着那句话。

李撞：走、近、我——速、求、共……共……

李撞（悄悄问麦子）：后面是啥字？

麦子：共眠。

李撞：啥意思？

麦子（趴在李撞耳朵上）：就是上床睡觉。现在谁敢走到她面前，她立马就搂着谁睡觉。

李撞不相信地盯着麦子，又看看李静和那牌子。

麦子：真的，你过去试一试。

说着，麦子轻轻把李撞推进了人群。

李撞回身朝麦子身上打了一下。

麦子（神秘地）：你不去？要搁平常，你想睡个城里姑娘，给人家一万块钱，人家扣子都不给你解一个。

李撞听着盯着麦子，又回头去看李静。

麦子乘机又用力把李撞朝里推了一把。

人群中的目光，迅速都盯在李撞身上。

李撞看看大家，又看看大感意外的李静，本能地摸一下腰里的菜刀，怔一会儿，竟果然朝李静走去。

李静紧张起来。

人越来越多。

李撞在李静面前站了下来。

人群中有人起哄：再上前一步，上前一步！

李撞（念着）：走、近、我，速求……共眠。

李静因紧张而有些不安，但目光依然看着李撞。

李撞念完，在起哄的声音中，又向前一步，紧紧地站在李静面前。

人群顿时肃静，都在紧盯着这时的李静。

奇静中，李静看看人群，看看李撞，擦一把脸上的汗，出乎意料地从随身背的一个名包中取出一张纸条递给李撞，然后提上牌子，收拾东西，貌似从容地走出人群。

李撞低头，看那纸条上打印的两行字：

今晚八点，中关村西街润泽小区

二号楼二单元201室

李撞抬头，看见李静已经从人群为她闪开的路上走远，又有些奇怪地站在那儿看着纸条。

人群迅速解散。

麦子过来站在李撞身边笑着。

麦子：我靠，桃花运啊！

李撞（把纸条递给麦子）：五百块钱，卖给你。

麦子：买金买银，不能去买你的桃花运。

李撞把纸条一揉塞进口袋。

李撞：娘的，首都，大城市，到底和咱们老家不一样……

说着，他们离开。

23. 北大附近 黄昏

昏暗中，路灯突然亮起。

一个小卖部内，李撞在买着几个苹果和两瓶可乐。他取出那“三好学生”证叠的钱包，从包里倒出一堆零钱付钱后，提着东西朝一栋老楼走去。

小卖部的门前花池上，有年轻人坐在那儿喝着啤酒。李撞出来看看他们，取出一个苹果放到嘴边欲吃时，犹豫一下，重又把苹果放在了袋子里。

李撞到了一座老楼前，朝地下室拐了进去。

24. 地下室 黄昏 内

地下室又脏又乱。走廊深处的某个房间里，正有几个年轻的农民工在打着麻将，他们每人面前都有一沓碎钱，其中二十一岁的李社，戴着眼镜，动作生涩，显然是刚学会小赌。

有人在催着李社：快出牌啊！

李社问旁边的观者：出哪张？

观者指了一下。

李撞在地下室的走廊上走着，昏暗的灯光中他边走边唤。

李撞：李社——李社——

麻将屋里，李社听到唤声没有回应，仍在为出牌犹豫。

另一个小伙（捅李社一下）：你爹找你了，我来。

李社不情愿地被人从麻将桌上拉下。

李撞走着唤着：李社——李社——

李社从屋里出来。

李社（生气地）：叫啥呀叫！

父子二人站在脏乱的走廊上，彼此看了一眼。

李撞递上苹果和可乐。

李社看看，未接，显见父子关系不和。

李撞又把塑料袋朝儿子面前递送一下。

李社终于不情愿地接过那一兜苹果和可乐，顺手挂在了墙边的一颗钉子上。

父子僵持对望。

李撞（求情似的）：都8月下旬了，9月1号就开学，你还是回去复读吧。

李社梗着脖子不语。

李撞：你娘活着的时候，最希望的就是你能上大学。

李社突然抬头。

李社（小声而冷硬地）：你别在我面前提我娘，再提小心我一刀捅了你！

李社说完，转身取下那袋苹果，不轻不重地丢在李撞面前走去。

李撞站在那儿。

李撞（大声）：今天是你娘三周年，晚上十二点，咱俩到中关村的大街上给你娘烧张纸吧！

李社在门口淡淡脚，没有回头，进屋去了，

李撞（嘟囔）：妈的，不是个东西！

之后，李撞在走廊上待一会儿，捡起苹果袋儿，挂在李撞住的房门上，默默离开。

25. 街道 夜 外

李撞独自在胡同小街上走着。

李撞看见有一显贵的少妇，手里提着一袋猫粮在小区门口喂着野猫。

李撞在路边站着看看。

李撞（自语）：奶奶的，活得还不如一只野猫野狗……

李撞又沿街向前走着，到一个花园广场，看见很多人都在跳着广场舞。而边上原来那喝酒的几个年轻人，人不在了，酒瓶和没喝完的酒都还丢在那儿。

李撞看着《最炫民族风》的广场舞，不自觉地坐了下来；听着看着，又不自觉地拿起身边的啤酒喝了起来。

喝着啤酒，李撞一直盯着在紧密相拥中旋转共舞的一对男女，似乎想起了什么，从口袋里摸出李静给的那张纸条看看；并且，他一扭头，竟然发现面前的街道牌子，正是纸条上写的“中关村西街”。

李撞又把目光朝面前那对跳广场交谊舞的男女看了一下，忽然把手里的空酒瓶在花池边上猛地敲碎、扔掉，站了起来。

李撞拿定了主意，毅然拿着纸条朝西街的深处走去。

26. 李静楼下 夜 外

李静在小区门口谨慎地往回走着看着，似乎在警觉地观察什么。

李静的电话响起。

李静接电话后先听了一会儿。

李静：真的都发在了微信上……只要我爸我妈不知道……他，那个人……现在九点半了，我可能躲过了一劫。再说，一个农民工，怕连中关村西街在哪都还不知道。

李静说着，最后看看周围，走进了小区。

李静看见有个老人正在自行车棚下整齐地摆着白天倒下的那一排自行车，她关了手机，在那站下来。

李静看着老人在灯光中摆好最后几辆自行车——那长长的一排自行车队列一般，整齐有序——之后她看看手机时间，往自己楼上走去。

27. 李静住处 夜 内

李静开门进屋，小心地锁门。

李静在屋里站站看看，首先把“速求共眠”的牌子摆在门后，接着开始收拾屋子和床铺，似乎准备睡觉。

有了敲门的声音。

李静警觉一下，看着墙上的挂表，已是将近十点，于是有几分警觉地走到门后听听。

又是两声敲门的声音。

李静：谁?

敲门的声音不急不慌，节奏礼貌。

李静：吴敏慧吗……

李静谨慎地打开一条门缝朝外看着。

屋门一下乘机被推了开来。

李撞突然出现在门口，手里拿着那张寻路的纸条，而且他在那儿把自己的仪容整理了一下，显得有些整洁并滑稽。

李静在屋里愕然。

李撞朝屋里探头看看，挤着身子走了进去，并且随手关了屋门。

李静聪明地过去又把屋门打开。

李撞又倔强地把屋门关上，他看看那个靠在门后的“共眠”牌子，然后拉过一把椅子，坐在门前，挡住李静不能再去开门后打量了一番屋子。

李撞：这房子……得几百万才能买下吧？

李静：租的。

李撞：租的？一月得万把块钱吧？

李静：八千。

李撞：天……我干死干活两个月也交不了这房租。

李静有些不知道说什么地站在那儿不动。

李撞最后把目光落在茶几上。茶几上这时正随意地扔着一张新的十元的票子。他看看那十元的票子，过去把那张路线纸条铺在钱边上。

李静看着纸条上的字，李撞笑了一下。

李撞：靠、近、我……速求……共眠。嗨，我初中毕业，知道“共眠”就是一块儿……睡觉那意思。

李静有些不安。

李撞又在屋里看着。

李撞的目光从那十元的钱上移到墙上的百元大钞挂画上。

李撞来回看了几下，忽然一笑，如同发现了新大陆。

李撞：啊……这画……画的是钱吧？！

李静（警觉地）：大叔……

李撞（歉意地）：对不住你……有点儿事，我来晚了。

李静：大叔，我是闹着玩的，你不能当真……

李撞又回头看看那共眠牌子，态度生硬起来。

李撞：我可不是玩的、耍的！我这辈子干啥都说到做到，何况我老婆都已经死了三年。我三年、都没……那个了。

李静看着李撞完全当真，思忖着应酬。

李静（倒水）：大叔，您先喝点水。

李静把一次性纸杯放在李撞面前的茶几角上，放杯时碰掉了茶几上的一张白纸。那白纸下盖着的是半个西瓜和半尺长的德国菜刀。

李撞的目光一下盯在了菜刀上。

李静（机警地）：你吃瓜吧，不够了我再下楼去买。

李撞一下拦着欲走的李静。

李撞：不用！

李撞（望着那刀）：今天天气太热；天一热人就烦躁；我一烦躁，就忽然想到了杀人；本来是去商店买刀的，可到那专家楼前碰见了你——靠、近、我，速求共眠——这是一句诗吧？

李撞说得模糊自然。

李静听着，慢慢地脸上现出了焦虑。

李撞：后晌……就是下午，为了钱的事，忽然觉得杀个人该有多好，可没想到，碰见了你。

李静：……

李撞：我这个人，无论啥事，都说到做到，你也要说到做到。做不到，你就碰了我的杀气了。

李静：大叔，杀人是要偿命的，别一动就杀人、杀气的。

李撞（似乎更为认真）：我真的想杀人，你以为我是假的啊！

李静惊恐不语。

李撞：像我这样的人，活着难受，死了痛快。你说我死前再杀他一个两个的，那多赚多快活。

李静望着李撞。

李撞（笑着）：你有没有想要杀的人，有了让我去替你捅他一刀子。

李静怀疑地盯着李撞。

李撞：想杀人，又不知道去杀谁——难受！

李静（转而一思）：大叔，你真想……去杀人？

李撞（大大咧咧）：做梦都想。

李静：那好。大叔，你帮我一个忙，去杀了我们张院长。

李撞突然怔了一下。

李静取过一张名片递过去。

李静：你去杀了他，回来……你想怎样我都答应你。

李撞（想一会儿）：真的我要咋样你都答应我？！

李静承诺地点头。

李撞（看看名片）：你把刚才说的再说一遍给我听。

李静（一字一顿）：你去杀了他，回来你想怎么样你就怎么样！

李撞盯着李静。

李静：我们单位就在北四环中关村二桥南边，二十二层的玻璃楼，门口有“231 研究院”的牌子，我们院在一楼，现在院长一定还在他的办公室。你进去那旋转门往右拐，十几米就看到他办公室的牌子了。你替我杀了他，回来要人给人，要钱给钱。

李撞听得极其认真。

李静：你去吧！从这房后胡同穿过去，就是那栋玻璃楼，我们院长中等个、方脸、四十岁，今天穿的是 xx 牌的红色花格衬衫。

李撞听着，竟从茶几上拿过那刀，慢慢把那西瓜从中一分为二。

李撞：我杀了他回来，你要不答应我……

李静：你也杀了我！

李撞果然放下名片，提刀站起，朝门口走去。

李撞到门口又回过头来。

李撞：我回来你要敢锁门不开……

李撞又威胁地晃晃手中的刀。

李静再次点头承诺并又递着名片。

李静：——保福寺桥南，二十二层玻璃楼……

李撞：北大附近没有我不熟的，还有清华大学、人民大学，这儿的大学，我哪儿都熟悉。

说着，李撞又把刀用毛巾一裹，开门而去。

李静在屋里听着咚咚咚的下楼声。

28. 阳台 夜 外

李静惊怔一会儿，慌忙走上阳台。

李静从阳台上看见李撞果然从房后的街道，朝研究院的方向大步走着。

李静愣一会儿，回屋惊慌地收拾一下屋子，就换了衣服下楼。

29. 街道派出所 夜 外

灯光中，派出所的大牌子清晰可见。

李静疾步走来，且边走边跑，准备报案。

李静到派出所门口看看，快步走了进去。

30. 派出所院内 外

院内空静。几排房子的各个门口有“户籍室”“治安办”“重大案件办”等字样的牌子。有几辆警用摩托整齐地停在院内。

李静进院后，慌张地看着那些牌子，不知该走进哪个房间。

迟疑中，忽有警笛传来，她一扭头，有辆警车快速开了进来。

李静慌忙退到一边。

李静看见警车急停后，有一四十岁的老警察和二十几岁的年轻警察押着一个嫌犯下车。嫌犯是个中年，低头，惊恐，戴着手铐茫然地站着。

年轻警察上前在嫌犯背上推了一把。

年轻警察（厉声）：走——到审讯室去!

嫌犯走着，一拐一拐，原来他是一个腿不方便的残疾人，每走一步，都显得极其痛苦。

这时，老警察过来扶着嫌犯朝审讯室走去。

李静看着这一幕，听着嫌犯因瘸拐而在手上响出的手铐的叮当声。

李静一直看着他们走进审讯室，犹豫一阵，似乎改变了主意，慢慢转身，朝外走着。

又有一警察端半盆洗脚水出来浇进门口花池后，看见到了大门口的李静。

警察（唤）：姑娘——有事吗?

李静转身。

警察：报案了到我这边来。

李静慌忙摆了几下手，离开。

31. 街道夜 外

李静从派出所出来，慢慢往回走着。

李静取出手机，开始拨号……

32. 研究院培训室 内

一个崭新、现代的培训室内，灯火通明，研究院的年轻人都正在上课。

张华用投影仪在幕布上放出一整幕的函数图案和各种抛物线及其数据后，又用追光灯照着幕布上的数据。

张华：对不起，我拖时间了。最后讲讲我们工作中最常用的 TT 值。这就是 TT 值的来源和计算方法……

电话响起。

张华去接听电话。

33. 街道 夜 外

李静打着电话。

李静（急切）：张院长，你现在赶快离开研究院，到哪儿都行，赶快离开。不然……

张华（不耐烦）：李静，我现在正给大家上课哪，请你不要再来影响我。

张华生气地说着，一下关了手机。

张华重新面向大家。

张华：刚才我说到研究院最常用的TT值。这个数值，对我们来说，就是日常中高速公路的收费站，把这个数值用好了，我们的经济效益就会定期定时，源源不断……

34. 街道

李静茫然地站在那儿望着手机。

李静迅速地快步走着，朝李撞去的方向追去。

35. 僻静街道 夜 外

灯光、月光，街道宁静。

李撞独自朝前走着，脚步快捷有力。

李撞看前后无人，停脚到路边一棵小树旁，试刀一样，抽出刀来看看，摸摸刀刃，又几下就砍断了那棵小树。

小树落地时，李撞忽然看见树下有一张一元的票子，他踢了一下，又捡起看看，朝口袋一塞，裹刀而去。但他走着走着，脚步慢了下来，且越来越慢，似乎犹豫着什么。

36. 四环路边 夜 外

李撞慢慢到了四环路边。

在一片灰暗的灯光下，李撞刚看到李静说的写字楼，同时又听见了警笛的响声，他警觉地扭头，看见几辆警车迅速开来。

李撞慌忙把钢刀取出藏在了路边石缝。

李撞站在路边看着那几辆警车，从他面前呼啸而过。

李撞脸色有些不安，站在那儿想着什么。

而在远处，李静急急地走来，也远远看到了过去的警车，有些紧张起来。

这时的李撞，见警车走远，与自己无关，又重新开始打量那玻璃高楼。

李撞看见写字楼的清洁工在旋转门前的一捆垃圾袋上抽出几个垃圾袋，从旋转门里走了进去。

李撞迟疑一下，又把那刀朝路边的石缝深处踢踢，最后观察一下四周，才朝写字楼走去。

李撞在写字楼的旋转门前，学着清洁工的样子，也在那捆垃圾袋上抽下两个，进了写字楼内。

37. 写字楼 夜 内

写字楼中一片灯光，双向上下的斜道电梯在静静走着。

李撞进去，左右看看，朝右拐去。

有个白领青年，提着没吃完的包装餐盒从电梯上下来，顺手将餐盒朝他递去。

李撞有些紧张地站在那儿不动，青年看李撞没有反应，奇怪地打量他几眼，把那餐盒放在了一个垃圾桶的盖子上。

李撞看着青年走远，朝张华的办公室门前走去。

38. 张华办公室 夜 内

李撞找到了张华办公室，但办公室内灯光明亮，却空荡无人。

李撞反而放下心来，过去朝办公室中望望，开始好奇地在写字楼里几分悠闲地走着看着。

39. 培训室 内

李撞走来，突然看见了培训室中张华上课的身影。

李撞朝玻璃隔断的培训室走去。

李撞趴在那儿看着，显得专注起来。

张华在培训室内换着投影，专注地讲着，大家都在用笔记本电脑记着笔记。

李撞盯着最前边一个空着的位置。

李撞头脑中幻化出那座位上坐着他儿子李社有几分乡土的画面……

李撞幻化出李社也西装革履，和别人一模一样，把钢笔放到一旁，也同样取出一个笔记本电脑，开始听着记着……

李撞最后揉揉眼睛，回到现实，慢慢沮丧地朝回走着。

而大厅某处，一直跟着李撞的李静，也在远远地看着这些。

40. 胡同 夜

李撞泄气地往回走着。

李撞到他砍掉的小树旁坐着抽烟。

李撞拧灭烟，又开始快步回走。

而这时的李静，依然在他后边跟着，但手里多了一兜东西。

41. 李静住处 夜 外

李撞走回。

李撞在李静门前轻轻敲门。

李静站在李撞身后不语。

李撞见屋里没有反应，又急速敲门。

李撞听不到回应，意识到什么，马上取刀返身。

李撞看见身后的李静，目光疑惑冷硬。

李静：我去给你买了吃的。

说着，李静把兜里的东西提给李撞看看，取出钥匙开门。

李撞看着李静提的东西，慢慢释然放心。

42. 李静住处 夜 内

李静在屋里把她提回的火腿、榨菜、海带丝等简单的熟食取出来摆在盘内，并替李撞倒着罐装啤酒。

李撞一直站在那儿。

李撞：我没有杀他。

李静佯装意外地看着李撞。

李撞依旧大大咧咧。

李撞：杀个人无所谓，可我连你叫啥、为啥要杀他都还不知道，这样替你杀了人，我要蹲监了，被枪毙时我会觉得很窝囊。

李静沉默一会儿。

李静：我是南方人，家在杭州，现在是北京大学计算机系刚毕业的研究生，叫李静。半年前，我在231研究院开始实习，现在半年过去了，我该真正就业了，该办进京手续了，可那院长——张华，今天突然通知我，不要我去上班了——把我解雇了。

李撞：……

李静（恼怒地）：解雇我，他连一句为什么都没有给我说……

李撞：他奶奶的，该杀！

李撞说着，自动坐在茶几前，和杀手一样拿起筷子吃起来。

李撞边吃边喝，语无伦次。

李撞：刚刚，我要去杀他，可他不在办公室。后来我在一个教室找到了他——那教室里亮得和夜里的天安门广场样——他在那教室给很多人上着课……妈的，讲的没有一句我能听懂的……

李撞（喝酒看刀）：这刀不错，快得很。我在路上砍了一棵树，只三下两下。刀没问题，我一刀准能捅死那院长……或者三刀两刀砍……死他！

李撞（喝完了一杯啤酒）：奶奶的……也是他命好。半夜还给人上课。实话说，我谁都能杀，可对当老师的我下不了那狠手……

李静又给李撞倒了半杯酒。

李静：少喝点，大叔。我也还没问你叫啥呢。

李撞：李撞——"撞死人"的"撞"！

说着，他还在空中写着"撞"字。

李静：河南人？

李撞：你咋知道呢？对了，我有口音。可我说的是河南普通话。

李静：河南哪里的？

李撞：豫西。和陕西交界，穷山恶水……我就在这附近打工。经常去你们学校。北大、清华，那人民大学，我全都熟悉……你也吃，别光让我一人吃！

李撞主人似的，给李静拿过一双筷子。

李静扭头看看，墙上的挂钟过了十一点。

李静：你吃吧。十一点多了，吃完后，你想走就走。

李撞（突然警觉）：我走啥？！我才不走呢，我不能白来一趟啊！

李撞说着，去茶几上找那原来放着的十元钱时，钱已不在，他就又把目光掠着从墙上的人民币挂画到那画下的共眠牌子上。

李撞：速求、共眠，速求、共眠——我知道你多想和男人睡……也不是想和我这样的男人睡。不想和我睡……行！你给我一笔钱，破财免灾我就走。

李静不语。

李撞：我不让你吃亏。那院长把你开除了，你给我五千块，我不杀他我去捅一刀子；给我一万块，我捅他两刀子。这样儿，那叫啥……猪吃米，羊吃草，各得各的好。

李静看着李撞。

李撞又猛喝几口酒。

李撞：你不给钱，那咱俩就睡觉。速眠一下，也算我没白来。

李撞说着，装着去解扣的样，一下露出了半个胸膛来。

李静惊慌地望着。

李静（忽又应允）：好。你不用去捅刀子，你去替我在他手上、胳膊上划条血口就行了……也不用，去把他的衣服划破就行了。

李撞双手停在皮带上。

李撞（暗喜）：一条血口都不用划，只让我拿刀吓吓他？好！在他衣服上划条豁口儿……可以啊！可我回来你咋样报答我？！

李静：我说过了，划破他衣服，你回来——要人也行，要钱也行。

李撞：好。就这样！回来要钱要人我挑一样……不过，我回来你要反悔呢？

李静（认真地）：我不会。

李撞（狡黠一笑）：世上反悔的事情多得很——我娃子考大学，我给一个当官的送了很多礼。烟呀酒的，我还专门跑到市里给他买了茅台酒，还在那酒盒里放了一万块钱。刚从银行取出的钱，崭新崭新。钱上的漆味香得很，刺鼻子。那当官的答应说只要我娃子考得差不多，少一分两分的，他给我娃子出个啥儿获奖证，就能加五分；出个少数民族证，就能加十分。可第一年我娃子考学真的少一分，我去找那个当官的，奶奶的，他又反悔了。他说他没说过那样的话，他说他从来不收礼，从来不做违法乱纪的事。那时候，我当场就想杀了他，可想到我娃子还要复读，还要考大学，心又软下了。可结果，这个死娃子，三年都没考上，那当官的还又提升了……哎，我说哪儿了？我一喝酒话就多，说话就拐弯……我说我最恨的是说话不算话的人，言而无信，都他妈的该杀！

李静：我们院长就是言而无信。你不用杀他，我只要你拿刀在他衣服上划道口子就行了。

李静说着，取过一把水果小刀递过去。

李撞斜看一眼那小刀，未接，又把那钢刀在空中抛一下。

李撞：这太容易了！可我回来你要言而无信呢……

李静（极其认真）：大叔，你要信我。我从来……没有正经谈过男朋友。是因为没谈过，才招惹了今天事情的……所以你去回来，要人要钱，都由你说了算。

李撞怀疑地望着：我不信，你得给我个啥儿做抵押！

李静想一会儿，开始在屋里翻找着什么。最后，她从床下箱子里取出她的大学毕业证、研究生毕业证和各种红皮证书。

李静：我没有什么押给你，你要回来我反悔了，不干了——你撕了、烧了我这些，我就一辈子难找工作了。而且……你还可以在我身上捅一刀，在我脸上划一道，把我的衣服全都划破撕破行不行？

李撞紧盯着李静。

李撞待一会儿，二话不说，从墙角拿起一个有“北京大学”字样的提兜，从中取出两个黄瓜咬一口扔在地上，又很快把李静递来的水果刀扔到一边，快速用毛巾包好钢刀和那些证书，一道装进提袋，准备离开。

李静（强调）：划破他的衣服替我出口恶气就行了。

李撞欲走。

李静看看挂表，已是十一点半。

李静：他现在已经不在公司了。他家住在公司后边别墅区的路边上。你从公司东边建设路走进去。看见别墅区的大门你别进，一直朝前走，第五户，铁门边邮箱上的编号是105。你到那儿按门铃，出来开门的一定是他张院长，他出来你骂他一句“言而无信”，用刀在他面前晃晃划一下衣服就行了。

李撞：你放心，我心里有分寸。

李撞说完，又顺手操起那最后的两罐啤酒，夺门而出。

李撞走后，李静在屋里站着，有些茫然和焦躁。

43. 胡同外

胡同幽静。

李撞碎步走着，且还打开啤酒边走边喝。

44. 李静住处

李静在烦躁中拿起手机，拨通了张华的电话。

45. 张华家 内

张华家客厅豪华阔大，除了各种布置外，墙上还挂着一把装饰性的长剑。

张华正在洗漱间刷牙。

客厅的茶几上张华的手机铃响。

只有二十几岁的张华的妻子正好从卧室拿着奶瓶出来，她替张华拿起手机看看，见是李静的名字，有些不悦地把手机递给张华。

妻子（讽刺地）：接吧——名校的，年轻、漂亮。

张华看看妻子，冷淡地接了电话。

张华：喂……喂……说话呀！

张华妻子一直在边上嫉妒、警惕地望着。

46. 李静住处

李静在电话上犹豫几秒后，谨慎神秘。

李静：我已经不是院里的人了，但我最后为你尽上一份心——半个小时后，无论谁敲门，你都不要开门。千万不要开！

张华：怎么回事？你说清楚。

李静：说不清楚。我警告你不要开门就是了。

说完，李静挂了电话。

那边的张华，莫名地看看手机，放下后又匆匆地刷牙洗漱。

这边的李静，挂电话后依旧烦躁地在屋里坐着。

李静开始整理屋里的凌乱与餐具。

李静往纸篓里丢着垃圾时，又看到了那个避孕套盒。

李静看着，若有所思。

李静似乎为了预防什么，她很快地提了垃圾下楼。

47. 街区 外

大街上人影晃晃，灯光模糊。

李静把垃圾放入垃圾箱内，朝一家银行走去。

李静在自动取款机上取钱。

李静看着机面上的款额数字，最后选择了“2000”按键。

48. 大街

李静迟疑着到了一家成人用品商店门前。

成人用品商店忽然开门，三十几岁的店老板是个男人，他站在门口大唤。

老板：进来吧！

李静慢慢地进去，愕然地站在商店内看着柜台里各种各样的性工具，有些惶惶不安。

老板：要套还是工具？

李静（嗫嚅）：套……

老板：大号小号？

李静：什么大号小号？

老板：真不懂还是假不懂？半夜你出来买套，你能说你不懂大号小号吗？

李静极其尴尬地站在那儿。

成人店老板去柜内一边拿货，一边略带幽默地说着。

老板：把大号、小号、中号全都买回去，大、中、小三种，可以随便试着用。

李静似乎明白，慌忙从商店退了出来。

店老板回身，见柜台前已经无人，他抬头冲着门外。

老板（大声）：你不会还是处女吧？！

李静听着，慌忙远离了成人商店。

49. 街道某处

李撞走来。

李撞到了一个路灯下，看前后无人，他便到灯光亮处，放下啤酒，打开李静押给他的各种证件看着。

李撞看着李静的一本国际数学竞赛获奖证书，之后放下……

李撞翻出李静的本科毕业证书，看一会儿放下……

最后，李撞拿出李静的研究生毕业证书看了许久……最后果决地把研究院发给她的社会实践证书上有李静照片的一页慢慢撕下，装入自己的钱包，提兜而去。

50. 北大校区 夜 外

李静朝北大校区方向走去。

北大校区，夜色静美。

李静穿过未名湖，穿过古建筑群。

李静默默地来到校区一角的避孕套自动售卖机旁。

售卖机旁，空无他人。李静上前看看那机器上的说明文字，她按说明投币、按键，有个避孕套果然掉了出来，她慌忙回头看看，见无他人，才拿起那个避孕套，小心地看后收起。

李静有些好奇地继续投币、按键，掉出第二个避孕套来……

最后，她竟像孩子一样，连续投币、按键，待掉出五六个避孕套后，那机器上的字幕显示“对不起，避孕套已经售尽”的类似字样。

李静从避孕套机那儿退了回来。

李静欲走时，看到一个男同学又去取套。

李静站在机器旁（门口）等着。

那男生进去按键，又很快遗憾地出来。

李静上前，给那同学递了四个避孕套。

男同学（羞涩地）：多了……

李静：你留着。

男同学：谢谢学姐。

李静：不谢、不谢。

李静有几分轻松地朝校外走着。

51. 张华住宅区 夜 外

李撞在一路口找着道路。

李撞又喝了一口啤酒，朝别墅区这边走来。

李撞路过别墅区大门，朝那儿看着。

52. 张华家 内

张华在客厅内坐着边看杂志，又一边警觉地看看屋门。

张华最后看看手表，又谨慎地到门口听听，放心地朝卧室走去。

53. 张华家 夜 外

李撞在张华家门前最后举罐喝酒，发现罐子已空，他遗憾地把空罐放在张华家门前显眼的邮箱上，左右看看，轻手轻脚地从篱笆上跳进了院内。

李撞在张华家修剪完美的花园里，借着夜色看来看去，还趴在一棵花树上闻闻。

李撞看到一个气球挂在一丛花树的上空，他盯着那气球看了一会儿，取刀举起，看仍然够不着那气球，就上跳一下，用刀把那气球捅破时，气球发出惊恐的砰的响声。

李撞怔了一下，慌忙把刀塞进脚下的花棵。

李撞环顾四周，见无动静，他又把刀取出来摆在树杈上，似乎担心掉下，又用花枝编出一个小的圆环，把刀插进花环内吊在路上的空中。

李撞脱鞋，光脚朝院子深处小心地走去。

刀和花环在空中吊着晃着。

李撞到张家门前时，盯着门铃。

李撞欲按门铃时，突然传来婴儿的哭声，接着张家卧室的灯光亮了起来。

李撞住手，停一会儿，又朝那窗灯光走去。

也就恰在此时，李撞也从卧室出来警觉地在门里边听着门外的动静。

卧室对拉的窗帘上有一条小缝，李撞走来，把鞋放在窗台上，小心地把脸趴在窗帘缝上，慢慢地看到了张华家里的温馨一幕：

一岁的孩子正在哭闹；而张华的妻子抱着婴儿，一边哄着，一边指着天花板。而张华则穿着睡衣，从外边端着一个奶杯进来，像是出去倒水。他进来看看孩子，放下奶杯，拽着飘起的气球的绳子在逗着孩子。而在他们一家人头顶的天花板上，竟飘了几乎一层气球。且那些气球，在空中飘着被摆成了一个可爱的笨鹅的形状。

儿子在母亲的怀里，慢慢地止哭至笑，再次睡去。

这时的张华，再次看看手表，又听了一下动静，放心地整摆着天花板上乱形的鹅状气球。

李撞看着，拿上鞋从窗口小心地退了回来。

灯光熄灭。

李撞再次回到张家门口，又看看门铃，竟坐在张家门前穿鞋抽烟。

最后李撞烟尽，拧灭烟头，大步从张家大门提刀出来。

开门时，李撞毫无顾忌地把铁门弄得叮当作响。

跟着传来张华警觉的唤问：谁？！

李撞不惊不恐朝回走着。

张华把门打开，手里拿着一把长剑站在门口张望。

李撞走远，一片夜静。

54. 李静住处 内

李静回来，开门进屋。

李静本能地从口袋取出那两个避孕套看看，和钱一块放进了抽屉。

李静坐下等着。

李静把目光落在吴敏慧床头的一堆书上。

李静过去，从那一堆书中很快翻出一本《性生活百问百答》。

李静打开那书的目录，找到首篇：《初夜第一次应该注意些什么？》。

李静认真地看一会儿，又把那书丢在床上。

李静木呆一会儿，按书上的提醒，又把避孕套取出放在了床头枕下，并又拿起一卷卫生纸随意地摆在桌边。

片刻之后，李静很快又把避孕套扔进了抽屉。

跟着传来上楼梯的脚步声。

李静警觉地看着门口。

敲门的声音。

李静开门。

李撞进屋，把那提袋扔在地上。

李撞（泄气地）：我没吓唬他，也没把他衣服划道豁口儿。

李静：……

李撞：到了张华家门前，举手正按门铃的时候，我激灵一下明白过来一桩事……

李撞（振振有词）：李静……你叫李静。刚才你说你没有正经谈过朋友是不是？

李静默着。

李撞：就是说，你还是一个处女对吧？

李静默认。

李撞：这我就把账算明白过来了。你姓李，我也姓李，八百年前说不定咱是一家人。可你年纪轻轻，今夜却把我给糊弄了……

李撞说着，又去拿起门后的共眠纸牌举在李静面前给她看。

李撞：走、近、我——速求共眠——白纸黑字，铁证如山。今夜无论谁走近你，你都会忙慌慌搂着人家睡，可唯独我不行——年龄大、农民工、没文化。所以，你一会儿让我去杀了那院长，一会儿又让我只把那院长的衣服划破就行了——说白了吧，你根本没有害他那份心，你就是想把我支走别待在你这儿。

李静听着无言。

李撞：你说我说得对不对？好，我走——走前咱俩要算清这笔账。你让我走，是想让我把你的处女身子留下来。可北京的行情我知道，只要是处女，老板们去开苞，睡一夜会给小姐三四万，加上你这么年轻、漂亮，又是北京大学的研究生，你这一夜最少值五万。这样吧，我打个六折，五六三十，你给我三万块——给了我就走，我把你的处女身子留下来。

李撞说着，而李静哑然。

李撞：对半折，两万五！给了我立马就走掉。

李静：大叔，我爸我妈都是普通老师，他们是领着死工资供我上学的。

李撞（冷笑）：两万五，一分都不能少！舍不得钱了咱俩就睡觉，让我和你共眠破了你的处女身。

李撞说完又去看挂表。

李静把目光落在那张挂画上。

李静：你可以把那张画拿走，现代艺术，最少值十万。

李撞用鼻子哼一下。

李撞：你当我是三岁娃子呀！啥都别说，是给钱给身子，现在你挑一样。

李静：……

李撞：钱，还是身子？！

李静：……

李撞：不挑是不是？你这么爱惜钱，那我俩就共眠睡觉吧！

李撞说着，又快速解着扣子和腰带，并且比上次袒露得更多更多。

李静看看，固执地过去站到床边。

李静（坚定地）：睡……可以！可今天谁和我睡，都得去替我出了那口恶气。我不杀他张华，不捅他一刀子，不划他一条血口子，也不扯破他衣服，可是我恨他！是因为他我才走到这条速求共眠路上的。

李静说着，朝身边的共眠牌子踢一脚。

李撞又把手停在皮带上。

李静再看着挂表，时针指向凌晨一点半。

李静：现在，我退一万步，你不用再去捅他一刀了，不用划他半条血口儿。今天凌晨两点四十分，他要亲自去机场接个德国机械工程师。过一会儿，你就到他门前等着他，等他起床出门开车了，你朝他脸上吐口痰，骂他一句“言而无信，不得好死”就行了。

李撞乜斜地看看李静。

李静把一张银行卡拍在桌子上。

李静（大声）：去他家门前拦着他，就在他脸上吐这么一口痰，骂这八个字。你回来我们一块去取钱！

李撞过去拿起银行卡看了看，又用手托着试试那卡的重量，再慢慢把卡放在桌角上。

李撞：里边有钱吗？你这姑娘真是读书读呆了，以为你读了大学就能糊弄我？！

李静：……

李撞（笑笑）：啊——我去吐他一口痰，你好跑到派出所里去报案……什么都别说，现在就和我一块去取钱——两万五，少一分都不行，多一分也不要！

说着，李撞狠狠地盯着李静。

李静：大叔，我实说，那卡里只还有三千块，加上这两千（李静取出抽屉里的两千元），五千块钱我全给你。

李撞看看钱，撇一下嘴，又看看屋里的陈设和房子。

李撞：租这么贵的房子，在那么好的地方上班，你说你只有五千块……

李撞哼一下，自己动手去李静的抽屉翻找着。

李撞忽然翻找到了那两个避孕套。

李撞拿出那两个避孕套仔细看了看，笑一下。

李撞：哦，看来你是真的爱钱不爱身子了……好。五千块钱我不要了，我就要了你这处女身子吧。

李撞说着，样子又似果真下了决心，再次开始解扣解裤，敞胸露怀。

李撞（低而有力）：脱呀，既然速求共眠了，就别逼我强奸你！

又一阵沉闷，李静看看李撞，忽然拐个话题。

李静：大叔，你儿子今年还考大学吗？

李撞不解地瞟李静一下。

李静：他如果还复读，我能让他考上。

李撞怀疑地笑一下。

李静弯腰，又从床下拉出一个箱子。从箱子中取出一个相册，打开。相册的每一页上，都夹着不同男女大学生的六寸彩照，每张照片的上方，都分别写着“首都师范大学”“联合大学”“理工大学”“体育大学”和“河北大学”等字样。

李静在李撞面前翻着那些照片。

李撞的手从腰带上松了开来。

李静：我本科、研究生，都在北京大学。这七年，我每年做家教，教过七个孩子，他们都考上了大学。

李静说着，慢慢收起相册。

李静：现在，你可以让你儿子来北京打工，我免费做他的家教，保证他明年考上你们河南的一本或二本……可今夜，无论你要人还是求财，都得去找那张华，朝他脸上吐口痰，骂他那么一句话。

李撞（想一会儿）：又来把我支走这一套。一、我不信你；二、不给两万五千块钱，我今夜就要睡这儿。现在就要睡！

说着李撞站起，如真的要睡一般。

李撞：开关哪？关灯吧！

李撞朝门口开关走去。

李静：李叔……

李撞站住。

李静（郑重）：你真的要睡吗？

李撞：不给我钱了就睡觉。

李静想一会儿：好……那就睡吧！反正今夜我是横竖左右都要破了身子的。可你不去替我找那所长吐口痰，那就陪我到门口多少吃点东西吧。

李撞：你当我是我们村的傻子啊！

李静（哀求样）：楼下就是二十四小时的面食店，你可以提刀陪着我，我真的一天没有吃饭了……

李撞想想，扭头看表。

李静：不到两点，回来做什么都来得及，要钱了还可以顺道把卡里的全都取给你。

李撞（一想）：你把那卡拿上！！

李静把银行卡装进口袋里。

李撞麻利地穿好衣服，又把那刀取出来别在了腰间。

55. 小区外 外

夜深寂静，灯光晃晃。

李静在前边走着，李撞谨慎地跟在后边，手始终摸着腰间的刀。

可他们刚出小区大门，有个警察从对面走来，李撞望了一下，警觉地装着去路边吐痰，没有和那警察面对面擦肩而过。

李静回身站着等他。

李撞待警察过去后，走上来有些奇怪地望着李静。之后又回过头望望那警察，恰逢警察也回头看他。

李撞慌忙躲开警察的目光，惊异地看一会儿李静，才又上前和李静并肩。

56. 面馆 内

老板是位五十岁左右的中年妇女。

李静和李撞进来，她有些诧异地望着他们。

李静：阿姨，我要一碗馄饨。（又问李撞）你也吃一碗吧！

李撞摇头，女老板离开。

李静和李撞对面相坐。

李撞自语一样：刚才我以为你会报警……

李静沉默一会儿，另言他话。

李静：这么说……你儿子就住在前面……

李撞点头。

李撞：不争气的东西，第一年考学差一分，第二年差两分，第三年差三分。简直笑话！

李静：不复读了？

李撞：……

这时老板端出一碗馄饨出来，她一到大厅，就看到刚才过去的那个警察，又回来站在店内门口。

他们彼此悄然点头，似乎心照不宣。

老板把馄饨摆在李静面前。

老板：二十块……

李静取钱包时，李撞先一步把自己的钱包取了出来，从钱包的隐藏处取出一张二十元的旧钱；而李静，这时则盯着钱包上的“三好学生”四个字一动不动。

老板接钱后离开。

李静慢慢吃了几口，想着什么。

李静（声微而认真）：我真的能让他考上大学。我爸是浙大的教授，我妈是杭一高的特级教师。

李撞呆呆地看着李静。

这时警察走了上来。

警察（盯着李撞）：又是你呀……跟我来一下吧！

李静愕然地望着。

李撞一惊，回头怀疑地看看李静，只好收起钱包，随警察朝门口走着。

李静忽然看见李撞身后别着让衣服翘起的刀柄。

李静怔了一下，起身跟着出门。

57. 饭店门口 外

门外灯光处，警察和李撞面对面地站在那儿。

警察：说说吧，怎么回事？

李撞不语。

警察：半夜三更的，什么关系？

李撞不语。

警察：想和我去所里一下？

李撞不动，这时李静适时走来。

李静：他是我叔，在这附近打工。

警察看着李静。

李静慌忙取出自己的身份证和学生证递上。

警察到灯光下翻看着证件。

警察：哟！北京大学的……这几天北京有重大国际会议，你们深更半夜别在外边晃来晃去。

李静接过警察递回的证件，点头后拉着李撞的胳膊朝回走着。

警察和老板娘在店门口看着他们。

警察突然看见了李撞身后鼓着的刀柄。

警察猛地上前，以熟练、专业的动作，一下抽出了李撞后腰的刀，并很快取出自己带的手铐，三下两下就把李撞反扣起来。

在这一连串的突发中，李撞没有丝毫的反抗。

而这时的李静，惊异地站在路边。

老板娘，相对平静地站在店的门口。

58. 派出所审讯室 内

在简单的审讯室内，那个近四十岁的警察和一个更年轻的在审讯李撞，他们一问一答，更年轻的警察在做着笔录。

李撞坐在审讯室的屋子中间，这时的手铐是在前边铐着。

警察：姓名？

李撞：李撞。

警察：年龄？

李撞：五十二岁。

警察（纠正）：出生年月？

李撞：1965年7月13日。

警察：身上为什么带刀？和那个姑娘到底什么关系？

李撞望着警察，样子像不知该怎样回答……

59. 李静住处 内

李静惊魂未定地坐在屋里。

李静怅然的目光扫过屋子，搁在了门后。

李静盯着那块“速求共眠”的牌子。

李静突然起身，过去举起牌子，砸在地上，又愤怒地朝那牌子上跺着。

随之，有了轻声敲门的声音。

李静听着不动。

60. 门口 外

李撞在前，那两个警察跟在后边。

似乎事情都已过去，李撞没有再戴手铐，而是木然地在敲着李静的门。

61. 李静住处 内

李静开门。

两个警察率先进来，李撞只是呆呆地跟着站在门口。

警察一眼看见了地上被摔破的那块牌子，他们将那把作为证据的刀子放回茶几上，慢慢把破裂的速眠牌子重新对在一起，取出手机对着那牌子照相。

之后，警察看看室内，又看着李静。

年轻警察：麻烦你往亮处站一站。

李静站着不动。

老警察：请你配合一下，我们也是工作。

李静不情愿地站在更亮的灯光下。

年轻警察给李静照相。

之后，年轻警察看看老警察，又望着李静。

年轻警察：你最好也和我们去一下……

李静（倔强地）：我没有犯法，要问啥就在这儿问吧。

两个警察彼此看看，有些无奈地点头。

老警察：那你和我出来一下吧。

李静不情愿地随着老警察出门到门口。

室内，李撞站在一边，年轻警察看来看去。

年轻警察拿起吴敏慧床上的那本《性生活百问百答》，翻翻，扔下。

年轻警察拉开李静的抽屉，看看那两个避孕套，又合上抽屉。

年轻警察回身盯着李撞。

年轻警察：看看你的年龄，想想你的老婆，我都想踹你几脚。

李撞不语。

年轻警察朝门外看着。

62. 门外 楼梯口

灯光昏暗，李静和老警察站在那儿，显然他们该问的已经问过。

老警察：大学生，还是研究生，应该自重。

李静不语。

老警察：就是不能就业，也应该体谅国家，体谅社会。

李静不语。

老警察说完朝屋里咳了一下。

63. 室内 门口

年轻警察看着李撞。

年轻警察：走吧。

说着，年轻警察带李撞出门。

在楼梯口，李撞和李静彼此看了一下。

警察们带李撞下楼后，李静久久地站在原地。

64. 小区大门 外

李撞在前，两个警察跟在后边出来。

他们到小区门口灯光下站住。

老警察（警告）：回去吧——别老在法律的边缘做事儿。下次还是你，就没这个结果了。

李撞欲走。

老警察又取出一张五十元的人民币递上。

老警察：拿去——去吃一碗夜宵。

李撞取出自己的钱包给警察看看。

李撞：我身上有钱。

（李静家的阳台上，李静正静静地看着楼下。）

李撞在那两个警察的目光中走远。

65. 大街 夜 外

宁静的北京大街。

宁静的北京大学的校门。

沉睡中的北京……

66. 李静住处 内

屋里仍然凌乱一片。

灯光已熄，只有床头的台灯在模糊地亮着。

李静放下了蚊帐，盘腿沮丧地坐在床头。

李静坐着坐着，一把将床上的蚊帐扯下，使自己完全待在网一样的蚊帐中。

李静呆一会儿，撩开身上的蚊帐，看看屋里，惘然地开门出去。

67. 大街 外

幽静中，李静毫无目的地在街上走着。

有一只夜猫，在路边看着李静。

李静看看那猫，继续惘然地向前走去。

李静路过那家面馆，看看里边女老板的背影，无言地过去。

李静到北京大学门前的交叉路口站住，突然面对大街上零星的行人和高楼，无奈地大声尖叫。

李静：李静啊——李静！李静啊——李静！

路人和开车过去的司机，都莫名地扭头看看，又漠然走去。

李静发泄完后，蹲下，捂脸呜呜地哭起来。

68. 街心花园 外

李静幽灵一样朝自己楼下的花园走去。

李静看见花池上坐着一个人影。

李静认出了那黑影中的人是李撞。

李静迟疑之后，朝李撞走去。

灯光的树影下，李撞独自坐着，正举着一个瓶子在喝啤酒。

李静远远地站了下来。

李撞看见了李静。

二人远远地对望一下。

李静：你还敢在这外面？

李撞：工地大门锁了。

李静看一会儿李撞，走去。

李静走了几步，又回身。

李静：你可以……去我那儿坐到天亮。

李撞听着，未动。

李静默默离开。

李静走了很远，似乎听到身后有跟来的脚步声。

李静站下，回头，是李撞跟在后边。

李撞见李静站下，他也停了脚步站住。

李静不言又走。

李撞远远地跟着……

69. 李静住处 内

屋子里经过了简单收拾，那把刀被摆在了屋里另外一个地方。

台灯光下，李静坐在床边不言。

李撞这时如不合时宜的客人一样，怯生生地挎着沙发的头儿坐在那儿。

显见，他们之间的关系发生了微妙的变化。

沉闷寂静之后，李撞看看李静。

李撞：我想吸烟。

李静从吴敏慧的抽屉取出半包烟扔给李撞。

李撞翻看着那烟。

李撞：好烟，我都没有吸过。

李撞默默点烟，光亮明灭。

李静盯着李撞。

李静：你犯过事……情吧？

李撞吸了两口烟，抬头。

李撞：我偷过东西，被他们抓过。

李静：……

李撞（平静地）：半个月前，为了把我老婆的骨灰买回来，我偷了另外一个工地上的钢筋，被抓到这个派出所关了三天。

李静有些惊异地看着。

李撞沉默一会儿。

李撞（拧灭烟）：三年前，我老婆死了，那一年我儿子正好考大学，没考上，又复读；没考上，再复读。复读是高价，一年学费一万多，还要吃、住和花销，实在没办法，我把我老婆的骨灰卖掉了……

李撞说着不断地瞟看李静。

李撞：我也不是个东西——我们那儿山……里的桃园村，有个人五十几岁了，一辈子光棍，又有了绝症。可他弟弟忽然发了，有钱啦，想给他哥买个女尸……一盒骨灰——准备着等他哥哥一死，就合婚下葬埋一块。我就把我老婆的骨灰卖给人家了——三万块，现金，一把清。我娃子后边两年的复读，都是用的这笔钱。可结果，他知道我把他娘的骨灰卖掉了，就再也不肯和我说话了。

李静：……

李撞：现在，三年过去了，桃园村那个男的真的快死了。他一死，就要把我老婆的骨灰扒走合葬了。可我、我想把我老婆的骨灰重新买回来。我死了，我俩埋一块。说好的，三天内我必须还上人家那三万块，加上利息三万多。现在，三天只剩两天了。为这钱，半月前我请我们同村的麦子帮我去偷钢筋，偷到第三夜，就被人家抓住了……

李撞说完，和李静沉默不语。

静有片刻。

李静（自语一样）：你卖了你媳妇的骨灰……

李撞不语，又一阵沉默。

沉默之后，李撞抬头望着李静。

李撞：你说，我死了，和我老婆的骨灰埋在一块儿，这也叫共眠吧？

李静听着，重新去打量着李撞。

李静去给李撞续水，拿起纸杯看看，扔掉，又取过一个玻璃杯子倒水后，顺手放进去了两块冰糖。

李撞喝了一口。

李撞（自卑地）：甜的啊我……可没有传染病。

李静又回到原来的话题。

李静：他们、抓住你……打你没？

李撞撩起衣襟，露出肋间一个鲜明长长的疤痕和一针针缝过的针眼。

李撞：是玻璃杯飞过来划的……也不怪人家，我只承认偷了一次，死都不承认前面那两次，惹人家急了。

再静片刻，墙上挂表清晰地响了四下。

李静看着挂表，再次长久地沉默。

李静：三万，现在我真的没有。我家刚在杭州买了房子，贷款。

李撞面对李静看了许久。

李撞：你真的……就是因为那张华把你开除了，就……

李撞问了半截，又回头把目光落在那破裂的共眠牌子上。

李静不答，又换个地方坐下来，离李撞远了一些儿。

李撞（真诚地）：我没有那意思。我是说，为这，不值。真的不值。

再次经过长长的静默后，李静一直看着低头的李撞。

李静（突然地）：瞌睡吗？

李撞不解地抬头望着李静。

李静（站起）：这是我的床，那是人家的，你别碰了人家的床。

李撞怀疑地看着那儿。

李静盯着李撞。

李静：今夜是我害了你，我……是真心要把自己变贱的！

李撞望着李静不语。

李静（恨着自己）：去洗吧……我想贱！无论是谁。

李撞（似乎随口）：夜饭后……我洗过了澡。

李撞说着，又忽然似乎明白李静的意思，再次惊讶地看着李静。

李撞：不用再去、朝那院长脸上、吐口痰吗？

李静尴尬一笑。

李静（自嘲）：不用——我理解这个国家的难处了，也体谅这个社会了……

李静说着，犹豫一下，自己拿起睡衣，朝卫生间走去。

李撞一直盯着李静。

李静木然地走进卫生间后，从里边传来清晰有力的锁门声。

李撞听着那声音，一动不动。

70. 卫生间 内

李静进去，站在镜前看着僵呆的自己。

李静把那套睡衣丢在洗脸池的边上，对着镜子，狠狠地咬牙揪了一把自己的头发，木然地坐在洗澡盆沿上。

静默许久，从外边传来李撞大声的唤问。

李撞：你还想……让我去朝那院长脸上吐口痰吗？

李静（停顿一会儿）：想！可吐了……我就可以就业吗？

李静问着，站起，准备洗浴。

71. 卧室 夜 内

从卫生间传来放水、叮当的响动。

之后，是较长时间的安静。

安静中，有了清晰开锁的声音。

卫生间的门终于打开。

门开后，李静静静地站在门口柔亮的灯光下。

李静换上了一套浅红色的睡衣，头发披肩，站在那儿，有一种完全准备入睡的安静。

可房间内，李撞已经不在，室内显得空空荡荡。

李静感到有些意外地看着、找着。

李静发现那把刀子也已不在原处。

李静怔一下，又快步走上阳台，看着大街上一片模糊的夜景。

72. 路口 夜 外

张华家别墅前不远的路口上，天碧夜寂，四周空蒙。

李撞蹲在路口，钢刀放在身边，他用一张张书纸在叠着一个个乡村的冥物元宝，地上已经堆了很大一堆。

李撞叠完书纸，把那一堆元宝点火烧着。

李撞望着火光。

李撞（自语）：他娘……娟子，这三年，我实在太难……你别怪我，怪了我，你人就不善了。

李撞说着，站起，看着那冥火慢慢燃尽。

火后，李撞提刀，朝张华家门前那儿走去。

73. 张华家门前 外

李撞走来。

李撞看见张华家车库的卷门大开，知道张华还没有回来。

李撞站在那儿看着等着。

李撞忽然取出刀来，朝着张华家别墅方向的上空猛刺几刀。

李撞刺后，站一会儿，又开始面对张家和空中挥刀乱舞。

李撞开始如堂吉诃德大战风车一样，在那儿对着夜空舞着、刺着、砍着，身子旋转，刀光留影，而且越舞越快，开始气喘吁吁，最后终于累得倒在路边一个夏天旅游戴的草帽上。

夜深朦胧，一片宁静。

这时，有汽车的灯光从远处射来。

李撞慢慢坐起，警觉地朝那灯光望着。

灯光中，可见李撞满脸大汗，有几分虚弱。

74. 张家门前 夜 外

那开车来的，正是张华。

张华一边听着音乐一边开车，似乎情绪很好。

车快到家时，张华正去关车上的音乐，在这一瞬之间，有一顶草帽从车前飞过。

张华紧急刹车。

随着车速减缓，有道人影从路边树下扑了过来。

之后是尖叫声和更刺耳的刹车声。随之那道人影从车前盖上滚到了车下。

75. 李静住处 夜 内

李静有些不安地坐着等着。

钟表已经指向了早晨五点，李静终于忍不住快步从屋里出来。

76. 张华家门前 拂晓 外

李静快捷地骑车朝张华家这儿赶来。

李静到了张华家门前下车，看看远处早起晨练的人们，又看看张家开着的车库门。

李静怀疑地推车往回走着。

李静忽然看见了路边草地上她的那把刀子，警觉一下，她捡起那刀看看，似乎意识到了什么，又本能地朝四周望望，很快把那把刀扔进更深的草丛，慌忙上车，更快地往回骑着。

77. 李社的住处 晨 外

李静骑车到来。

李静下车找着。

李静找到了这幢老楼的地下室门口。

李静迟疑一下，停车进去。

78. 地下室 晨 内

李静小心地在地下室的楼梯上走着。

昏暗的灯光中，因气味异常，李静捂了一下鼻子。

有一个早起小解的农民工小伙，穿着大裤衩，从厕所走了出来。

李静吃惊地站在那儿，而那农民工则不以为然地站在走廊上看着李静。

农民工：你找谁？

李静不答。

农民工：走错路了吧！

说着走去，进了一间屋子。

李静开始在走廊上大唤。

李静：李社——李社——

李社听到叫声，在屋里床上突然光背坐起。

刚进屋的小伙子儿戏地看着李社。

小伙：李社，叫你哪——城里人，漂亮得很！

李社重又倒在床上。而在他的床头，可见挂着的李撞给他买的零食袋里，只还有一个苹果。

李静：李社——李社——！

李社慌忙穿衣下床。

李社凌乱邋遢地从屋里出来，一看见整洁鲜亮的李静，猛地呆在门口。

李静盯着李社。

李静：你是李撞的儿子李社吧？

李社点头。

李静：你爸在不在这儿？

李社摇头。

李静：快和我一块儿去找你爸，他可能出事了！

李社不动。

李静：愣什么？快一点，说不定你爸李撞他……

李社蒙蒙地赶快回屋。

79. 工地大门前 晨 外

工地大门前，李静和李社从胡同急急走来，李静推着车子，李社跟在后边。

工地大门紧锁，李静和李社茫然地站在那儿。

李静、李社彼此望了一眼，李社过去接过自行车，往围墙下一扎，他踩着自行车后座，利索地跳进了围墙。

李静独自在围墙外焦急地等着，四处张望着。

李静看着大街上渐多的人群，在额门上急急擦了一把，取出了手机。

李静很快翻出张华的名字，拨号。

张华的手机落在他的车内空空地响着铃声。

李静无奈地收了手机。

李静又望着李社跳进去的那段围墙。

李社突然从李静身后的围墙跳了出来。

李静回头。

李社朝李静摇头。

李静：得报警……

李社不解地望着。

李静：可能真出大事啦！

李静不管李社，只管抓过自行车，骑上就走。

李社迟疑一阵，慌忙快步跟着。

80.派出所院内 晨 外

老警察和李静、李社站在派出所院内门口，他在分配着任务。

老警（指着李静）：你现在，骑车去张华家……你，再去二号工地一趟。

李社不明白地望着。

老警（大声）：就是你爸偷钢筋的那地方……都去呀！

于是，他们出门，朝三个方向分别急去。

81.二号工地

工地院里有许多农民工起床洗脸，晒着床单。

李社急急穿过宿舍区，来到工地上。

李社在空荡的工地上大喊着。

李社：爹——爹——

李社唤着，又满头大汗地从楼后脚手架下转了出来，来到一大堆的圆盘钢筋垛边上。

李社：爹——爹——你在哪儿啊？！

李社喊着喊着，又爬到了高高的钢筋垛顶上，在那儿转着圈儿撕着嗓子叫。

李社：李撞——李撞——

李社：李撞——你在哪儿啊？你害了我娘，现在又来害我呀——我给你跪下你在哪儿你就出来吧——

李社唤着，果真不自觉地跪在高高的钢筋垛的半空中，对着日出的方向喊。

李社：李撞——李撞——你儿子在这求你了，无论在哪，你不出来你可千万不要再出事情啊！

李社：李撞——李撞——

李社嘶哑的喊声久久地响在半空中。而在那声音的下边，钢筋垛的周围，这时已站了一大片的农民工和一些北京人，他们都在莫名地望着半空的李社。

恰在此时，李静也骑车从张华家返回到了这儿，她在人群外边久久地看着半空中大喊的李社。

李社：李撞——李撞——你在哪儿啊？！

82. 李静住处 晨 内

北京新的一天，又是上午。

大街上车水马龙，阳光绚丽。

李静的女同学吴敏慧从外边走回。

吴敏慧到屋门口，预告似的敲了两下门。

吴敏慧：我回来了——能进去吗？！

吴没有听到回应，取钥匙开门。

吴开门进屋，忽然看见李静和李社都很沉静地坐在那儿，相对无言。而这时的李社，穿着虽然土气，但人却显得文静并惹人怜爱。

吴敏慧：哟，有人哦！

李静不语，看看吴敏慧的身后。

吴敏慧这时沮丧地坐在自己的床上换鞋。

吴敏慧：吹了——高大上的靠不住，矮瘦小的不值得。

吴敏慧有几分随意地说着，去卫生间洗脸，又回头怀疑地看看李静和李社。

李社不自在地坐在那儿。

李静不语，忧虑的目光又落在墙角那块破碎的“速求共眠”的牌子上。

83. 医院 晨

北京大学附属第三医院的大门外，病人们进进出出。

急救室内，只有张华和李撞二人。

而此时的李撞，头上裹满纱布，正在输液治疗。

张华看着快完的输液吊袋。

张华：李大哥……这事故，不管你为啥突然从路边冲了出来，只要你愿意私了，我怎么都行……

李撞看着张华。

张华：实话说吧——我那车是刚买的，一个月都没顾上装牌子，算是黑车吧，加上昨夜我去机场接人，又在宾馆陪客人喝了酒……

李撞（急辩）：我可没喝酒。我一辈子都不喝酒！昨儿夜我是……媳妇三周年，我出来给她烧纸，然后你就……

张华不安地看着李撞。

李撞有意把目光朝窗外望着……

李撞：今天天气倒好……凉快。

张华：你说个数……多少钱都行。

李撞：天气好，心里也畅快——我知道北京的规矩，只要我告你，你就会被拘留三个月，说不定还是半年。

张华：……

李撞这时摸出钱包，悄悄看了一眼里边他撕下的李静的照片，又收起了钱包。

李撞：我不告你，也不要钱。

张华惊异地看着。

李撞：我有个侄女，在你的院里上班，叫李静。我想知道，她好好的，你咋就把她、开除了？

张华愕而不语。

李撞：他是我哥的女儿。我哥很早，就去南方工作了。我不告你，也不要钱。人要言而有信，你得把她工作留下来，让她也填那大学生留在北京的户口表。

张华想一会儿，承诺地点头。

张华：是进京……

沉静片刻。

李撞：对我说说，你昨儿天，咋就突然把她、开除了？

张华：咳……是我老婆不同意她在我们院里工作。李静年轻、漂亮，又是北大的高才生，我老婆对我不……放心，就坚决让我把她……

李撞：就为这？

张华：就为这！

沉静。

84. 施工工地 日 外

又是午时，天气酷热。

在李撞盖楼工地的一片凌乱和嘈杂中，李撞头上包着白纱，和同乡麦子坐在最高层的半空一块儿抽着烟。

麦子：哎——撞哥，那刀你要没用，还给我吧！

李撞不解地望着。

麦子（笑笑）：我老婆早就交代，要我给她买一把那刀带回去——切菜、剁肉，快得很！

李撞还想说啥，看见楼下，李静和他儿子李社远远走来。

而这一次出现的李社，穿着整洁得体，完全如学生一样，而且和李静走在一块，像一对儿姐弟或恋人。

李撞慌忙从施工楼上走下。

85. 工地旁 日 外

工地边的树荫下，李撞走来和李静、李社站在一起。

李静取出两张车票和三打儿装在信封中的人民币朝李撞递去。

李静：你别管从哪来的，把这钱拿上，今天就走，回去还给你们邻村那人。

李撞未接，只是望着。

李静看看李撞头上的一片白纱，再递着那钱和车票。

李静：以后李社就是我弟弟，是我的第八个学生。

李撞终于接了那钱和车票，看着车票上的时间。

李社递去一兜透明塑料袋里的黄瓜、香肠、榨菜、矿泉水和方便面。

李社：该走了，回去收拾收拾。

李撞接过，笑着摸摸李社的头，慢慢转身，对着楼顶的麦子大声唤着。

李撞：麦子——我有钱了——我现在回去重买你嫂子的骨灰了，我把你那菜刀带回去给你媳妇吧！

麦子在楼顶望着他们。

麦子（嘟囔）：女大三，抱金砖啊。

麦子自语后干活去了。

这边的李撞回过身来，看见转身回走的李静和李社，来时从小路走来，走时从大路走着，而那满是落下的水泥和粉尘的路面上，清晰地留着他们二人并肩的两行脚印。

李撞站在那儿望着那脚印痴痴不动。

李撞小心地绕过那两行脚印跟着他们走去。

李撞想起什么，走了几步，又回身到那棵树旁，从一个压着砖块的烂瓷盆下，提起那个大的王八，到前面的河边用石头砸断系王八的绳子，把那王八放生在了水里。

王八在水里游着、游着。

李撞、李静、李社，都站在河边看着。

86. 一个作家的书房 日 内

电影完全从一种氛围进入另外一种氛围。

一个整洁、宽敞、明亮的书房，那一排排书架显出某种不同的气息。

有一只安静的猫（或狗），卧在书房的阳光中。

那个货真价实的作家（阎连科？这个无耻的东西！），正在明亮的光线里专注地看书。他看的是一本他刚出版的样书，书名正是《速求共眠》，且在腰封上鲜明地印着：世上最慰藉心灵的杰作，不久将被改为同名电影，非凡上映。

当作家看完最后一页时，脸上显出了疲惫的沮丧。

作家叹气后喃喃自语。

作家：我他妈的，竟写出这样恶心的小说来！

说着，作家点火烧了那本小说。

火光由大至小，渐灭。

作家最后扔掉了那着火的新作。

那只猫过来跳在了作家的怀里。

作家抱着猫走到窗前，看着窗外的北京。

高楼、环路，北京的各种标志性建筑。

作家回来，踩灭了地上的火，呆呆地坐在书架旁。

6月25日凌晨二点完稿

chapter 7 一片空白如电影中长时间的黑幕般

1

6 月 27 日，这个平常的日子对我是吉好还是凶日呢？

顾长卫在 6 月 26 日半夜一点给我发了一个微信:“剧本已经看完，如明天下午有空，望下午三点到工作室见面一聊。”为什么没有在这个微信上说“剧本已经看完,大好！”或“意外惊喜！”再或“还不错！”那样的话？不加评论，不做评价，这多少让我有些忐忑和不安。一个作家完成一部作品，那些先睹为快的人，难道你们不知道作家的辛劳付出，也就是为了等你们一句“很好！”或是“不错！”的肯定吗？这时你们对作品的评价，哪怕只言片语、敷衍应酬，都是对作家久劳成疾的最好良药。接到顾长卫的微信后,我有些疑惑和失眠,在床上愣着坐了一会儿，又起床去把那电影剧本仔仔细细读了一遍儿。除了发现了几个错字和一两个细节的不准确，我还是觉得它是个好剧本。何止是好，简直堪为含而不露，张而不弛，激荡而平静，一如大海掩盖着巨大的涌动、凝流样温润和潜藏的经典性——我想，这个剧本倘若能实现我自编、自导、自演之奢望，实现拍一部人类电影史上未曾有过的（也许曾有过，是我不知道？）的“实在之虚构”的艺术片——我是说，不管电影的故事属于真实之虚，还是千真之实，而拍摄的方法和在电影中用镜头讲故事的叙述，一定要是“史记纪实法”。就演员而言，除了主演（我），一定要用非职业演员的作家外，其他角色一概都用真实的原型人物来出演，比如让生活中的罗麦子来演电影中的罗麦子，生活中李撞的儿子李社来演电影中的人物李社等——关于电影《速求共眠》的拍摄法，我已有许多构想和设计。我想把这种“混虚构于纪实之中、混纪实于艺术之中、混艺术于现实的场景和生活之中”的电影拍摄手法和叙事方法称之为21世纪电影革命的“混艺叙事法”——关于这种“混艺叙事法”，在电影成功后，我会为此专门写一部关于中国电影新叙事革命的理论之专著，以理论带动实践，以实践明证理论，从而使这部我自编、自导、自演的影片，从根到梢、从种子到结果、从现在到未来、从未来到永恒，都成为中国乃至世界电影之旅中最新、最强的里程碑，成为我人生中从作家到电影跨界艺术的集大成者与前无古人、后无来者的旷世奇作和旷世之行为……

可是，顾导演、杨薇薇、蒋方舟，我把这种几近狂妄而又有可能的种子，在创作剧本时，都已埋在了剧本的情节和细节中，难道你们没有读到或者没有看将出来那春来草发、乾坤扭动的气息吗？难道李撞那个人物的贪欲、爱念、杀心、拙善和他狂躁而又有计谋，清醒而又莽撞，内心扭曲而又在灵魂上充满着冉阿让、拉斯柯尼科夫、聂赫留朵夫等伟大人物的伟大悲伤和矛盾，还有贾宝玉的清洁和阿Q的脏，高老头的吝啬和基督山伯爵挥金如土的大度，你们都没有感觉、没有嗅闻出来吗？我在我的书桌前，从夜里三点发呆、发怔到来日之天亮，待六点半的阳光，从书房的玻璃窗上透进时，我听到那阳光穿透玻璃使玻璃濒于碎裂的哗啦声。之后，我就带着懊恼和沮丧，倒在床上睡去了。

竟也睡着了。

午时醒来如饿婴求奶般，第一件事就是睁眼打开手机看一看。也就如期而至地，看到了杨薇薇和蒋方舟的邮件信。那两封信的内容，比起顾长卫微信中含蓄的轻淡和冷漠，而对剧本直白或隐藏的否认，昭然天下，有过之而无不及，使我相当沮丧和失望（甚或有一种愤怒和仇怨）。尤其蒋方舟信上对剧本和我的评价与转述，直到今天我都无法原谅那件事。从她的那封来信里，埋下了我对她怨懑的种子，直到今天，不仅没有随着时间而消失，而且还在养大着有一天的报复心。

杨薇薇的来信是——

阎老师：

昨天晚上将剧本发你后，想了一夜，觉得还是应该把我对剧本的意见写信告诉你。恕我直言，也望谅解。仅供参考：

1. 我不敢恭维说这是一个伟大的剧本，也没有觉得这个电影故事是如我们最初讨论的样，写出了李撞和李静那么复杂、扭曲的情感纠葛，写出了世间一对男女完全不可能的爱情故事来。现在这个《速求共眠》，已经不再是我们最初讨论的那个《速求共眠》了。

2.就现在已经成型的《速求共眠》剧本言，我觉得你尽被真实的李撞、李静及李撞的家庭背景束缚了。一句话，你被真实——被真人真事捆绑了。没有放开去想象李撞和李静中间那种微妙、扭曲的感情和电影观众真正的期待是什么——是他们两个人的爱、爱的可能和不可能，可能中的荒诞、扭曲、异化、变形和特殊的男女关系等，而在他们这对特有的男女关系中，应该隐藏着不可能的悲剧或喜剧，甚或是闹剧背后的不可能。总之说，我读现在这剧本，有一种明显的失落感，有一种“掉下去”的坍塌感。也许是此前我们在讨论中，你把大家的胃口吊得太高了，于是期望过大了，也才有了这种坍塌和失落。

3.我想摆脱原来大家的讨论和期望，把这个《速求共眠》放到目前中国电影里去看待，以平常之心去想它，它还是一个说得过去——甚至不比绝大多数烂片差的“小温馨”。如果真的你下决心去演李撞，请方舟去演李静，在“噱头治天下”的电影市场，说不定真有很好的关注度和话题性（我可以演李静的闺密吴敏慧）。

4.那几个电影人物——李撞、麦子、李社、工头，乃至次要人物吴敏慧和张华等，相比较我觉得李静这个人物稍嫌单薄了。这个人物——如果决定就目前这个《速求共眠》，而不是早先大家讨论的《李撞和李静》，什么时候我和方舟可以把我们读书、恋爱的经历贡献给你，也许可以让李静这个人物在修改中丰满得和李撞差不多。

当然，所有的事情都得看顾导是什么态度和意见（她并不知道顾导最初在我心里就不是导演，只是帮助我和剧组的预谋与计划）。也许，我想不出所料，今天或明天，顾导就会约大家来讨论这剧本。

方舟好像还在南方出差没回来，你把剧本给她看没有？来讨论剧本了，请把我上次忘在你家的手机充电器一并带过来。

杨薇薇

2017 年 6 月 27 日晨

蒋方舟的来信是——

阎老师：

我还在杭州，明天应该可以回北京。

按照你和顾导的交代，也依照我对李静的好奇，前天上午我从上海赶到了杭州，并很快和李静联系见上了面。在这儿，我想不应该说是我去采访她，因为年龄、经历的相近，我们很快就成了几乎是无话不谈的朋友。中午我俩是在西湖的介子亭吃的饭。下午我们一直就在西湖的咖啡馆里聊天、喝咖啡。我真的感到很意外，原来她是那样一个热情、丰富、敏感并且对世界和人生都有自己见地的人。她谈了许多她未曾向人说过的事。有许多事她交代我任何时候都不能对人讲。和她的见面与聊天，再次让我相信每个人面对世界都有一团秘密和无数不可解的谜。如果让我选三件可以向你说的事情来描述她，她的这三件事情可能都让你感到意外、不可思议和惶惑。

可这就是她！就是真的李静，而不是你剧本中写的那个人。

我想对你说她的三件事情是：

一、她在十三岁时已经开始恋爱了。

你猜她的恋人会是谁？曼德拉！

十三岁生日时，李静的爸爸给了她二百元，让她随便去买自己最爱看的书。在她买的书中其中一本就是曼德拉的自传《漫漫自由路》。看了《漫漫自由路》，从此她就爱上了曼德拉，开始疯狂地阅读有关曼德拉的书：《自由与对话》《曼德拉传》《南非的启示》《曼德拉的礼物》等。凡与曼德拉有关的书籍，她都如备战高考一样阅读和记录。她说她收藏有关曼德拉的中、英文书籍共有三十余本，至今都满满地摆在她杭州的家里和北京润泽小区的床头上。我们大家谁都不知道，她能大段大段地背诵《漫漫自由路》，倘若不是和她一块吃饭和聊天，听她面带笑容地背诵，连我都无法相信她对曼德拉一厢情愿的感情（是爱情？）会有那么深。她说她从初中到高中，每每半夜想到曼德拉，都会从床头抽出有关曼德拉的书，望着曼德拉那苍老微笑的面容，激动得浑身抽搐，甚至会因为激动、想念而不停地掉下眼泪来。她说她这种少女初恋的情怀，直到考上大学才缓解过来。

在她对曼德拉单相思的过程中，她说了一件事，说 2013 年 12 月 6 日，传来曼德拉在约翰内斯堡他的住所逝世的消息时，她正在图书馆里查资料，从电视上看到曼德拉逝世了，她迅速泪崩不止，大哭着跑回宿舍，关起门来哭了一整天。同学和闺密，那一天都以为她家里出了什么事，可没有人知道她那一整天的泪，都是为了她单相思的情人曼德拉。

二、这件事情也许我们可以想得到，也许我们永远想不到：在大一时候，她曾经想自杀，并且都已经把上吊自杀的绳子在半夜系到了未名湖的一棵国槐上。

为什么？几乎是什么都不为——她说是在她大一的上半年，在学校食堂吃饭时，她一转身，有个追求她的男同学，因为没有追上（那时她正爱着曼德拉！）就把一条虫子放在了她的菜盘里。当她回身用筷子在菜盘里翻出一条活的还在爬动的青虫时，她当时就吓得虚脱到差一点倒在饭堂里。被同学扶着回到宿舍睡到半夜时，她就莫名其妙想到了死……这件想到死、差一点死了的事，到今天她自己都说不清楚为什么，也无法把对一条青虫的害怕和死亡联系起来并对等在一起。

可事情就那么发生了，这也就是那个最真实的李静吧——她半夜起床竟然到未名湖的西边——恰巧也是你剧本中写的李撞、麦子们施工、盖楼那地方，她把绳子搭到一棵国槐树上时，从她身后走来了一个在学校扫地、捡垃圾的临时工。她说那临时工也是你们河南人，五六十岁，每天都在校园扫扫、捡捡的，每天都到各个学生宿舍楼下收购纸箱、杂志和报纸。说因为他住在学校最西的一排简易平房里，不知干啥半夜回来路过那儿看到了她，就站在未名湖边上老远盯着她。盯着她看了许久后，对她大声唤了一句话：

“姑娘——你不会是想要自杀吧？要是了你想想你死了，你爹、你娘会哭成啥样啊！”

就这么一句话，那个捡垃圾的中年临时工，说完就不管不顾地从她身边过去了，朝简易平房那边一步一步走去了。

他朝她唤了后，竟然没有朝她走过去；走了也竟然没有朝她回头看一眼。好像对她唤了、问了他就尽到责任了，她死与不死都与他没有关系了。而且似乎是，他唤了之后后悔自己喊叫了，而其真正的内心是在等着她上吊。等着她去死。甚至她怀疑，那个农民工第二天一早起床会去未名湖边上看看她到底上吊没，到底死没有。李静说，她之所以决定不再上吊、不再自杀，纯粹是因为那个农民工唤了救她却没有真的去救她，是他毅然走掉、头也不回的身影使她决定不死的，决定你要我死我偏就不死的执拗让她把绳子从树上拉下扔进了湖里边——可又说到底，还是那个农民工的唤话和毅然走去救了她。她说她就是经过了这件事，才开始对某一类人、某一阶层的人，比如说李撞这样的人，怀有非常复杂的感情和看法。她说她一生都不明白那个在北大校园扫地、捡垃圾的河南人，为什么唤着救了她，却又没有真的过去救了她。说自己很长时间都对这件事情想不通，且随着时间的推移，这种想不通，一如在心里慢慢脱锈的一把锁——原来那把铁锁上锈迹斑斑，时间使那锁的锁孔、钥眼、锁把和锁柱都完全和锁体锈在一块了，成了被时间腐烂的一把死锁了。可在她将要把那死锁忘记、扔掉时，忽然某一天，那把死锁上的锈斑猛地褪去了，被埋在锈渣中的锁柱、锁把变得清晰了；甚至那一天，连早就被堵死的锁眼也清晰可见了、畅通无阻了。一句话，她心里那把死锁又活了过来了。锈锁又成了一把新锁了，只是这把新锁是没有钥匙的锁。于是就特别想找到那钥匙——那个你们河南的中年农民工，问问他为什么看见她想要自杀，明明他唤了话却又没有真的过去救下她。然而这时候，当她发现她心里那把死锁复活时，她已经是大学二年级，想要找到那个扫地、捡垃圾的人，已经时过境迁了一年多，那个农民工早就不在北大了。

所以她说她和李撞的纠葛不是从见了李撞开始的，是她刚到北大就已经开始了。是在见到李撞多年之前就已开始的。

第三，这一点，希望阎老师可以谅解——我其实可以永远不对你说，但我忍不住还要对你说——李静不是一个从来不读当代文学的人。她对当代作家了如指掌，完全是一个当今最文艺的女青年。我们谁都没想到，当代中国作家的小说，她几乎全读过。莫言、余华、苏童、格非、王安忆、刘震云、韩少功、李锐、麦家、李洱、贾平凹、毕飞宇、阿来、迟子建、林白、张炜等，甚至连更早的王蒙老师和再晚的“七〇后”“八〇后”的作家和网络作家们，说出来她都了如指掌，如数家珍。是一个地地道道的学理科却深爱文科的人。其对我的熟悉，让我惊讶和难堪。也正是因为这，我们才会很快成为好朋友，她也才会和我无话不谈，一见面就熟到如闺密一模样。才会在谈到文学时，她说了一件令人感到意外、我可以不讲但却忍不住想要给你说的话——她说在中国作家中，有三个作家她最为不喜欢，看见名字就想扔了他们的书。在这三个作家中，其中一个，她说到了你……

阎老师，我把她说的这三点（尤其第三点）告诉你，你不会因为我说了实话生气吧？我是觉得你不会生气才写信告诉你的。我们谈到你的写作时，她说了这样一句非常值得你思考的话：

“阎连科的小说太装神弄鬼、莫名其妙了。”

你觉得她的这话是有点道理还是没有一点道理呢？

……

关于李静，在这封信上我先和你说这些。之所以急不可耐地要和你说这些，是因为没想到你这么快就把《速求共眠》的剧本写出来了。是我看了剧本后——在你把握的可以通过审查的情况下——在那个电影剧本的故事里，我并不以为你一定要写出李撞和李静的奇异、扭曲、让人感到意外的爱情故事来，而是说，在这个纪实的电影故事中，你对李静根本不了解。或说了解她也相对皮毛和简单。而真正那个深层的、不可知的李静，对你不仅是一团谜，而且是一个你没有或者根本不愿花时间去了解、洞悉的人。也基于此，对于剧本《速求共眠》——不说故事，仅就人物言，仅就李静这个当下的青年女性人物言，如果说是失败你不能接受的话，那就说她没有那么成功吧……

上午十点我又约了李静到杭州的湿地公园去，现在我该走了，停笔打住。余话回去我们围绕着《速求共眠》剧本慢慢聊。

方舟

2016年6月27日

2

读了杨薇薇和蒋方舟的信，我的喉咙有一种堵塞感，像以为是蜜水却吞下了一口恶痰样。或者如吃青嫩的炒菜时，却吃了一筷子的沙。急急看完她们的邮件后，我在床上呆坐一会儿——呆坐了很久一会儿。尤其读到蒋方舟来信写的第三点和最后一段对剧本人物李静的否定时，我很想把手机一甩扔到哪。

我果真不轻不重地把我的手机扔在床上了。

手机在床上虚弹了一下后，如石片在湖面飞潜后沉在湖底一样安静着。卧室里沉闷而寂静，使我的呼吸如被人掐了脖子般。很想要挣着身子、大打出手从那屋里跑出去，又想就那么沉寂呆呆地坐在屋里想些啥（或者什么也不想，就那么久久远远呆坐着）。到最后，我选择了后者呆坐着，直待到从饭厅传来家人叫我吃饭声。

懒散地起床、穿衣、洗漱和庄严地吃饭，煎熬到下午两点钟，我准时开车到首都机场附近顾长卫的工作室和他见面时，心里总有一种不祥的预感笼罩着。为了不使这预感酿出天大的事，我放慢车速，恨不得看到蚂蚁也把脚踩在刹车上。和顾、杨们见面我迟到了半小时，然而到那儿后，我还是在院里深长地吸口气，觉得可以装出若无其事、平静如水的模样了，才不慌不忙地到他工作室的门前按门铃，和开门做美术的美女拥抱并问好，然后开始做作、夸张地惊讶于顾在他宽大敞亮的工作室的墙壁上悬挂的他的一幅幅巨大的摄影作品——那些作品，全部取材于一百元人民币上的各种细节、微图、色彩和我们常人不曾发现的秘密，由他通过特殊的摄像技术，重新拍摄出各种巨幅作品来——比如将一百元中隐藏的毛泽东的头像放大数千倍，使那本来就一如一分硬币样若隐若现的毛泽东的像，大到有三米见方或半个房间样，从而使那像的若隐若现，不再局限在那张巴掌大的钱币上，而是若隐若现在了巨大无比的世界中，和今天中国的现实构成一种呼应之关系。比如把钱币上的两个英文字母和八个阿拉伯数字的钱币编号进行一种反复的摄影后，通过神秘而巧妙的排列组合，使照片成了宽四米、长六米的巨型密码墙，从而使我们整个世界的现实都成了一种迷宫的样。还有以红色为主的百元人民币上“100”后边那个“0”的蓝，经过特殊的摄影处理，竟然成了大海之蓝和远眺大海时海面上无尽无止的海浪和波纹，就连钱币正面右下角的粗体反向的“LL”和背面右下角纹中十六个微小如尘的圆中圆，也都被他无限放大，组合成了丰富的光点、烈日和光柱。我此前知道他作为中国“电影第一摄像师”（大师吗？）开始在电影拍摄的间隙和烦恼时，准备向油画和摄影的回归和探求，以为那都是他正业之后的业余之游戏，如我这次小说写作之余名利膨胀的梦想样，但却没想到，这种带有游戏性质的梦幻和理想，他不仅开始了，而且也几近是实现完成了。

在那些取材于人民币的局部异变的巨幅现代摄影作品下，我先是有些夸张、惊讶地站着看一会儿，及至顾从楼上下来后，待他谦逊、微笑地带导着我从一楼到三楼参观他的数十幅这样的作品时，那样夸张的惊讶从我脸上消失了，留下的唯一一个念头是，他能从导演的道上暂时撤回身，做一个独一无二的现代摄影艺术家（我舍不得把“伟大”二字作为礼物送给他，因为他也从未把“伟大”作为礼物送给我），难道我就不能从写作那样清寂、孤寒中抽身出来，做一个伟大（狂妄和疯癫！）的导演和演员，摇身一变，使自己从作家变成艺术家？

终于，在这恍惚的冥想中，我们至关重要的谈话开始了。

无论是作为一场艺术的谈话，还是关于电影《速求共眠》或这部长篇《速求共眠——我与生活的一段非虚构》的写作，那几句简单并致命的谈话，都将成为我创作生涯和人生命运中的碑石刻下来，其意义也正如一个人在徒步的长途跋涉中，四野空旷、荒无人烟，而又到了一个三岔路口或十字路口上，在他惘然四顾时，突然出现在眼前的是倒在地上没有字迹的路标和指示牌。

工作室一楼客厅的面积最少有九十平方米（为什么不再来一次土地革命把他的客厅分给我家呢？），中间放了一圈充满小资情调的红沙发，沙发中间是日常普通的方茶几。就在这茶几边，顾长卫变得有些冷硬叵测了，杨薇薇也变得玄乎叵测了，连一向直爽的郭芳芳，也开始变得神秘叵测起来了。

顾就坐在我边上，默一会儿他不着天地又恰如其分地说了一句话："阎老师，你说这红茶好喝吗？"

"不错。"我也漫无边际又毫无趣味地答，"比刚才的咖啡好一点。"

"你走了拿两盒，是很好的一个朋友送我的。"

"我习惯喝绿茶。"把嘴边的杯子摘下放在茶几上，我郑重、直接地引导说，"大家不用拐弯抹角了，都说说剧本吧。你们不觉得那剧本独一无二，单是说好还不足以形容它的价值吗？"

顾就微微怔起来，目光盯在我脸上，像看一个他未曾见过也完全不认识的阎连科。当他从我脸上没有看出儿戏和游戏时，不知为何他端茶杯的手，僵在半空一会儿，慢慢动了动，像要放下茶杯拿手去我的额头摸一摸，看我发烧没发烧。就在那一刻，我心中有个坚定的念头产生了：他若真的拿手去我的额头上摸，我就用我的手把他的手扔到一边去（要不要把他的手扔到一边后，再把面前茶杯里的红茶很优雅地慢慢倒在茶几上？）。看着他，想象着，也等待着，这时郭芳芳和杨薇薇，也都把她们端的茶杯和咖啡放下了，目光也都缓飘飘地落在我脸上。

"阎老师，"顾终于说话了，像许多电影中的江湖老大样，慢慢悠悠却一言九鼎地问，"剧本中你怎么不写李撞和李静的爱情呢？"

我答道："我觉得现在这对人物的关系要比他们扭曲相爱好。"

"可我们此前说好就是要写他们扭曲相爱的故事呀！"

"不是我不写，是生活的真实不让写。"

"难道艺术不是突破了生活的真实才有价值吗？"

"真正的艺术不是要突破生活，而是要沉入到生活底部和人的内部去。"

这是我和顾谈话的开始，一人一句，明枪暗箭，或者暗箭明枪。之后彼此就陷入了一阵深沉的静默。当我在想我下一步要用怎样的柔冷和刚硬来对待他和他们的艺术观念时，顾又恢复到了他那惯有的无边柔软和永远都以柔克刚的秉性里边了。他朝我笑了笑，停一会儿，用变尖、变细并抬高的声调（柔冷的箭）说：

"实话说，阎老师，这个剧本也不错。甚至可以说……确实、确实好。我觉得……怎么说呢？何止是好，我觉得可能堪为中国电影剧本创作中的范文和教科书。"说了这一句，顾又扭头看看我，习惯性地面色润红着，用手去他身边的包里摸一阵，再笑笑，"我就直说吧，阎老师，我做电影半辈子，中国和外国的电影和电影剧本看了数百、数千部，从来没有一个剧本能像《速求共眠》样，从第一个字到最后一个字，让我爱不释手，坐卧不宁（他终于知道我要听什么、他该说些什么了），恨不得一分一秒就把剧本吃进肚里去，生怕电影剧本中最后一个镜头的到来，使故事像危重病人的呼吸机样突然被拔去……"

（说出来了，说出来了！他终于说出他该说的、我要听的一番话……请允许我在此处省略掉那时我内心从寒凉到温暖，从平静到激动，从可以掩盖的喜悦到不能掩盖的狂奋的最少二千字或者三千字。）

“阎老师，因为这个剧本好，”顾把话说到这儿时，他又顿着看看我，端起杯子喝了一口水，脸上再次显出他刚刚落下的惯有之润红，“何止是好，我想时间会证明它伟大如莎士比亚的《哈姆雷特》样。因为这伟大和可以预想的传世名作的生命力，这样的剧本几十年都难有一个……因为这样儿，我觉得我来导演这电影，我会毁了这个剧。就是成功了，也有些夺人心血来成全、美化自己了……这样儿，阎老师，我听说这个电影你不仅要自编和自演，还想自己做导演，真是这样吗？

“阎老师，实话说，你是不是真的想自己做导演？”

（他怎么知道呢？我还没有按我的计划说出来，他怎么就提前知道了？我原来的计划是，由他来寻找到资金并组成剧组后，我再故意找茬和他争吵、闹矛盾，到最后就摊牌我要做导演，由他随便在剧组挂个什么名，比如监制、顾问啥儿的。可现在，他倒首先说出这事了。这中间到底发生了什么呢？一条暗道到底从哪儿分岔了发生了……此处不是我有意省略什么情节什么话，是我真的不知道问题出在哪儿了。所以在这儿，我不得不再次省略从疑问到窃喜再到不安的内心活动数千字。）

“这样吧，阎老师，”顾又把他刚才放下的杯子端起来，像那茶杯不是杯，而是他内心不安的道具样，“从昨天晚上到现在，我犹豫再三，最后还是决定，我就不参与你这部电影创作了。我想集中精力用一年的时间，把我这些摄影作品好好整理一下子，到上海、香港和国外做几次艺术展……至于那剧本创作初的五十万元人民币，后边你剧组成立了，给我也行，不给也行。我想只要你能导演出一部好片子，我也曾为那电影在剧本阶段出过力，在剧本和拍摄上，有过建议和看法，在经费上有过我个人的支持和帮助，那都是我莫大的幸运和荣誉。等片子成功了，五亿、十亿、二十亿的票房和国际大奖滚滚到来了，我都会由衷地为你高兴和鼓掌，也为我自己曾经为那电影出过绵薄之力而荣幸。”

……

到这儿，他的话完了。

完了他就看看我，又看看杨薇薇和郭芳芳，再把那已经空干过的茶杯放在唇边上。

（为了阅读的节奏感和我不愿说的我的丑陋和暴怒，请你们允许我此处再次省略场景、气氛和杨薇薇及郭芳芳的谈话最少二千字。省略我的不安、郁闷和措手不及的慌张三千字和那时我内心突然出现的悬浮、慌乱及无言以对的尴尬三千字。省略掉我望着大家，一时无语，僵直地坐在那儿，像我要入室盗窃时，却被主人突然拉亮的电灯发现我是他们的熟人和朋友样，彼此在一瞬间都找不到话说的惊讶、沉默和场景的描写最少二千八百字。）

真的不知道我该说什么好，该有怎样的举动、言行和表现。直到今天来写这部《速求共眠——我与生活的一段非虚构》，我都回忆不清顾在说完那些话后他是怎样、我是怎样的。郭芳芳和杨薇薇又是怎样的。也许我那时的脸色如同猪肝一样吧。还也许，那时我的脸色就是一块从古老城墙上扒下来的砖，虽然布满灰尘，却以文物的模样呈现出一种新的价值和期待。到现在，真的记不清和想象不出那时顾的脸上是什么表情了。这种记不清，不是时间久远的平息和抹去，而是人在紧张、不安时的思维短路和空白，一如一个人在暴怒杀人时，他的脑子一定是一片空白样。然而今天来回忆这些时，我似乎可以假设顾以他的善良、质朴乃至懦弱并又对世事洞明的历练，他可能会为他终于以退为进、以抑为扬、以颂为贬的那番说辞而高兴；也可能会以作为兄弟、朋友而最终还是真正认识了我丑陋的本相而默然与欣慰。并且可能会为最终可以把我从他身边甩离——就像一个农人终于从他腿上的脉管里，拍拍打打，为挤出了吸血的蚂蟥而高兴。我仿佛记得那时他说完了那番话，好像脸上是一种轻松舒坦的红，如劳累了一天的日光，终于可以在西山日落间，休息和放松一模样。似乎记得他那时说完后，双手交叉着背在脑后边，撑着他那适中的头颅，朝沙发后背靠过去，样子是心疼沙发承受不了他的重，怕把沙发靠塌才那样撑着头颅、身子，缓缓朝红色的沙发倒下的（可我呢？你知道我是怎么想的吗？难道你疼爱沙发的承受力就不心疼一个作家的承受力？）。空气好像凝住了。世界也好像不在了。在凝住的空气间，有谁拿手朝空气推一把，那空气定会如一片玻璃样碎到世界外边去。就在那冷硬僵直的空间里，大家就都呆坐着，像谁都随着空气的凝固也都凝在了空气里边了，随着空气的碎落也都碎落不在了。

能听见机房人员在做电影剪接时的机器转动声。

从窗里透过来的下午四点半的阳光，红黄相间，在眼前晃动，像飘着的哪国国旗样。这时首先打破沉默的是郭芳芳。“喝水呀，阎老师。”她脸上的笑，又一次如同是剧组的美工、化妆帮她化在脸上般。“或者我再去给你磨一杯咖啡吧？”这样问着我，不等我答什么，她自己却抽出一根香烟点了抽起来。而这时的杨薇薇，倒好像还残存有对我的同情或者信任感。

“我觉得你自编、自导、自演说不定能成功。阎老师，你有那么多的好朋友，你就去拉拉资金试试嘛。”

我应该说什么？

那时我想了什么呢？

在那种情况下，我会由衷或虚伪地说些什么呢？是脑子一片空白，如电影在放映过程中，因情节所致，幕布上出现了很长的黑幕和静止吗？那么黑幕过后会出现什么样情况和情节呢？故事又会发生怎样的延宕或反转？或是那黑幕的出现，只是时间的过渡、跳跃或历史与现实的岔道和改变？

我从顾长卫的工作室里出来了。

不言不语地从他们那儿离开了。我相信我以沉默为行动，把无声当有声，在那时是最为合适的。说什么？说“天生我材必有用”？这未免过分张狂和绝情。说“谢谢你们赐我良机”，又未免虚伪和无力。微笑、沉默着离开应该是最为得体而有尊严的举措了。就沉默而微笑着离开了。走去了。今天想起来，那时站起欲走时，脸上挂着的不屑和佯装之镇定，然后拿起茶几上我的车钥匙，无论他们谁唤“阎老师……”谁说“你在这吃过晚饭再走吧”，我都没有应声也没有回头望一眼。

在工作室门前的停车场，我开着我的车子要走时，看见顾长卫的豪车停在路边上。我想都没有想一下，就开着我的老捷达，轰然地朝他的路虎车上冲过去。所有的事情都在那一瞬间，一念间，告止一个段落了。一个终结了。那时候，只听“哐——哗——”的一声被拉长的巨响，就有一片玻璃飞向了天空，又雨滴、水片一样落下来。当顾长卫、杨薇薇、郭芳芳和工作室的剪接师和美工们从屋里冲到门外时，我捂着我的血脸，从车上下来对他们说了一句话：

“对不起，踩刹车时踩着油门了。”

3

此处省略四千至六千字……

4

和蒋方舟的见面是在我到医院包扎、处理后的第三天。头上、额门和胳膊上，一共缝了三十针。白纱在胳膊、额门上，如盛开的一朵朵的水仙花。整个人都如刚从战场上下来一模样，光荣与梦想，虚无与实在，在我心里与身上，仿佛麻绳般捆绑了一层又一层。是6月29日的上午十点钟，我们约在成府路的万圣书园咖啡馆，这是我们经常来这买书见面的老地方。

夏天已经如期而至了。混沌的炎热如蚕丝被样蒙着北京城。我是打车去的万圣书园咖啡馆。路上因为司机怕浪费汽油，没开空调，我还和他吵了架。读书人大都知道北京的万圣书园吧，经营者如一个牧师经营着他的教堂样，几十年如一日，仿若一户人家世世代代都是虔诚的天主教徒。当时变世变，读书业已成为夕阳产业时，这书园从成府路的西边朝东边挪了二百米。这一挪，无论如何在我就如教堂的感觉不在了，取而代之的是把教堂改为了另外一种宗教的清真寺或者教会堂。那个咖啡馆，似乎也不如从前有如我家客厅一样专供我见人聊天使用了。这新的咖啡馆，显得拥挤、逼仄和紧张，再也没有了从前醒客咖啡馆那令人放松的自由和宽敞。我到那咖啡馆里时，方舟已经到了一会儿。她在一个僻静的角落坐下来，等着我像等着一个她将不得不背叛的同党样。穿着还是她那刚毕业时的学生样，脸上的表情却已经少有大学生的无忧无虑了。十点钟，咖客和书客都还没有来，安静若书店的空调风样舒适而缓慢。走进去，熟悉的店员朝我点了头，还很尊敬地向我喊了一声“阎老师”。

我一眼就看见方舟坐在最远最西的窗口角落里。

她看见我慌忙站起来，盯着我头上手腕和胳膊上的白纱布，怔了一会儿，说了一句谁都在说、谁都在问的话。

“没事吧，阎老师？”

我说：“没事儿，前天不知为啥一开车头就有点晕。”

然后我们坐下了。要了两杯温开水和两杯醒客咖啡后，说了几句闲话儿，诸如书店没有从前宽敞了，文学书被排在了最不起眼的角落里，然后就开始说了她早已想好、准备好的只有她才说的话：

“前天我给你写的那封信……看了你没有生气吧？”

……

“其实，说句实话儿，《速求共眠》我是一口气看完的。剧本是个好剧本，可就人物来说，李静……并不适合我去演。”

……

“这两天想来想去，我应该一心一意扑在写作上，不该什么有名有利的事情都去沾一把。再一说，演员那职业，我真的不太行，其实我在镜头面前经常晕镜头。”

……

“还有一件事，是我考虑最多的，说出来你真的千万别生气……”

……

“文坛这么小，人多嘴杂，我俩在一起本来就有人议长说短，如果我俩再真的去演《速求共眠》那电影，演砸了是一场笑话和闹剧；演成了，哪怕有一点点的成功和利益，你我都会被绯闻的口水淹死或被口水的河流冲得没影儿，那时候，我俩一辈子就都别想爬上人岸做人了。”

……

“你和我，没想到，竟然连李静也怀疑……”

……

“阎老师，你怎么不说话？”

……

“对不起，阎老师，请你别生气……我家里有点事，得提前走一会儿。”

……

“那我先走了，你再坐会儿。”

看着她慢慢犹豫着起身时，有什么东西掉在了座位上。找了一会儿，找到收起又朝我歉意地点点头，到吧台那儿买了单，又回头朝我望了望，摆摆手，最终告别下楼了。下楼后，她又一次给我发个微信补歉说：“阎老师，真的对不起。等李静回来我们一块儿吃顿饭，你该好好认识她！真正认识了她，你就知道剧本该怎样修改了。”那时候，是上午十点半。十点半的阳光正是夏天从温热转入酷热的那一刻。望着手机上的微信时，我临着窗边的肩头是热的，靠里的肩头是冷的。而内心，也一半是热，一半是冷。有人开始从一楼朝着二楼来，脚步声和鼓乐一样富有节奏感。不一会儿，咖啡馆的空座就没几个了。我没有喝咖啡，那一满杯的醒客还原封不动地放在桌角上。方舟的咖啡和温水，也都原封不动地放在桌边上。我们见面、说话前后也就一刻钟，她就把这场游戏、这项工程、这桩事业宣告结束了。我没有为她的宣告、宣判感到惊讶或者不惊讶。因为经过了前天车祸那桩事（生与死），我忽然被某种冷漠慑住了。我被我的冷漠冻结了，如一盆水被冷冻在了湖面上。一湖水被冻结在海面上。夸张地说，哀莫大于心死。可我怎么会心死呢？心不死，可又什么都不想说，也忽然不想做。我以为，那时候我只是想从收获的沮丧中找到一些安慰、找到一丝鼓舞，重新拾起丢失的欲望和奋斗的种子去播种、浇灌和收获。如此而已吧，还有什么呢？还能有什么呢？她走了，无非证明了她不能给我期冀、奋斗的力量吧。还能怎样呢？这不也是再正常不过的结局吗？坐在咖啡馆，我让我的情绪和时间一样毫无目的、毫无方向地流转着。过了一会儿。又过了一会儿，直到咖啡馆座无虚席，有两个恋人在那儿转来转去，盯着我对面的空座位，像盯着我手里拿着他们的结婚证书样——既然是你们的结婚证，那就还给你们吧。我起身把座位让给他们了，从中收获了两个感激的点头和他们异口同声说的“谢谢”两个字，像一对新婚夫妻发给我的糖一样。

从咖啡馆里走出来，信步到书店文学书架那儿看了看，发现原来摆着我的书的书架上，全都改摆了别的当代作家的书，如王安忆、莫言、刘震云、苏童和格非等。我出来问店员：“阎连科的书都卖光了吗？”一个新来的店员小伙很诚实地告诉我：“阎连科的小说从来没人看，两个月才卖出去一两本，我们前几天把他所有的小说都下架退回了出版社。”然后呢，然后我就从万圣书园下楼出来了，站在路边望望成府路上东来西去的车流和人流，拦了出租回家了。

回家上车时，我对自己说了一句话：

“沉稳些，发生什么事都别和司机吵架、打架啊！”

5

此处省略四千五百字左右……

6

时间就这么一天一天过去了。始于6月30日，我无所事事，百无聊赖，不到学校去，也很少和朋友们见面和聊天。忽然间，我从一个极度亢奋的状态进入了一个极度沉默的忧郁期。有时在书房发呆，会一呆大半天，一天不说一句话。不看书也不写一个字。把门关起来，不让任何人走进书房打搅我。直到中午十二点和下午六点时，妻子做好午饭和晚饭，谨慎地到书房门口敲门叫我出去吃饭止。有时吃饭时，我会因为一个菜的盐多盐少把筷子摔在饭桌上。有一次，还把炒过火的一盘鸡蛋抓起甩在了饭厅里。直到有一天，我在北京三院精神病专科的医生朋友提着一兜水果、抱着一捆鲜花来我家里看我和我扯闲篇，循循善诱地使我和他说了很多话，也说了我想自编、自导、自演一部电影的努力和挫折，他才笑着对我说：

“你可能得了亢奋性欲望精神病。”

我用疑问的眼神望着他。

“知道吧——儿童的多动症你可以理解吗？”他和我一块儿喝着茶，一字一句解释说，“许多儿童从一早醒来就开始手脚不停，没有一分钟可以安静的那种多动症，是运动性质的幼儿精神病。这种多动症，一般随着年龄增长自然就好了。但人到成年，到了成熟期和理性期，会出现像你这种突然为名利而疯狂……说疯狂有些不合适，但可以说如你这种过分追名逐利的，都可以叫作气质性亢奋精神病。这种为名利过度亢奋、狂躁的努力，成功了就是才华和回报，失败了就极容易从欲望亢奋一下跌入情绪的低谷和忧郁里，而最终转变成每天都郁郁寡欢、彻夜失眠、懒于和人交流的忧郁症……你现在就是这种从精神亢奋转入情绪郁闷的忧郁症。”

说完这些后，他笑着盯着我。我也将信将疑地看着他。我俩就这么面对面地友好、微笑地沉默着，像那种微笑是一场证明和怀疑的战争样。

“这病……好治吗？”

“能治。但可能需要长期服药以抑制你的情绪和想法，比如抑制你的欲望和名利心，使你的精神每天都在自然——顺其自然、知足常乐的状态里。”说着时，他停下来想了一会儿，接着又很释然道，“不用怕。也许生活中又突然发生了一件什么事，对你一刺激，你不吃药也就病好了。”

我和我的医生朋友与本文相关的谈话就这些。中午他没有在我家吃饭就走了。后来我知道，他是我儿子和妻子到北京三院的精神病研究院特意把他请来的。他是以出诊的名义到了我家的，每和我聊天一个小时，需要向医院缴费上千元。但值得在这论述的事情是，我的病被他说中了，差不多属于不医而愈了。因为在他走后的半个月，有一天我又在书房发呆时，那天上午九点钟，我母亲从老家给我打来了个电话，告诉了我一件在外人看来奇特而意外的事，说刚才，我们村的李撞被县公安局逮捕了。有三辆警车鸣着警笛到我们村把他戴上手铐抓走了。说镇上、村里谁都没想到，谁都不知道，他三年前为了他儿子复读高考，竟把他媳妇苗娟的骨灰卖给了西山桃园村一个有癌症的人。答应人家那患癌男人一死，就可以来把他媳妇的骨灰扒走和那个男人合葬在一起。可现在，那男人真的病死了，昨天人家弟弟领着人去他家坟上扒他媳妇的骨灰时，他又反悔了，不让了。说宁可连本带息还人家钱，也不让把他媳妇的骨灰扒走去。说他还要死了和他媳妇埋在一块儿。于是吵起来，打起来，没想到那时李撞把准备好的斧子拿出来，一下就朝人家头上砍过去，把人家的头都给劈开了，差一点把人家活活给砍死。说当时人家就血流如注、如从盆里倒出去的水。所以一大早，他就被公安局的三个警车带走了。母亲说，她是一早出门倒垃圾，正好目睹了公安抓人那一幕。说有人说，李撞这次被抓走，如果那被砍的人死在医院里，他也就要死在监狱了。如果那人被医院抢救过来了，随便有一点残疾或痴呆，他就最少得在监狱住上十几年。

最后母亲问我说：“李撞要还山里人家那三四万块钱，有人说是你和一个北大的学生一块给他的，真是这样吗？”

还又说：“给了也是好。李撞也是让人敬。他一早在村里被人抓走时，上警车后还大声对着村人们唤：‘皋田人——邻居们——念起我李撞再坏没有做过对不起大家的事，我被枪毙了，求你们收尸一定要把我和苗娟埋在一块啊！’”

母亲在电话上说完这些话，还又嘱托我，说李撞的儿子今年又没考上学，听说他还想接着复读接着考。说现在他爹蹲监了，没人供他复读了，让我一定把李社复读的学费拿出来。“你们少吃点、少喝点，就够那娃子读书了。”这是我母亲放下电话前的一句话。待我的手机响出“嘀——嘀——”的断音时，我坐在书房的椅子上，脑子里凌乱实塞，一下子满得连一点缝隙都没有。连想透进去一丝细风的可能都没有。这种过分满塞的感觉，完全不是那种一片空白如电影上长时间的黑幕样，而是一列火车在装满货物后，快速奔驰的流动感。而且还有火车在郊外原野飞奔的那种哐当哐当的铁轨声。是那种声音把我从忧郁、沉默中唤醒和打捞出来了，如把我从将要沉下去的海里拉上了一个岛屿样。那时候，我还不知道我的亢奋性欲望精神病，会因为李撞突然的砍杀被捕而如医生说的不治而愈或好转，但收起母亲给我打的电话那一刻，我本应该为李撞的命运感慨、唏嘘或惊讶，真正产生一种命运无常的忧心和焦虑，然而，那种惶惑和焦虑，在我心里仅仅停留了不到半分钟，也许只有十几秒，有一种卑鄙的暗喜，就像堤岸的涌漩一样把我的焦虑冲开了。我忍不住想要去和谁说说话，想要和谁交流、谈论、商量一桩什么大事情。我又想起我的那部电影了。想起《速求共眠》中的电影故事了。仿佛李撞会砍人、杀人最终走进监狱的命运是我在影片中设计、导演出来的；仿佛为了证明《速求共眠》是我对李撞命运的一部预言书，现在这部预言兑现了，成真了，我必须向所有读过这部预言书的读者宣告和证明。于是乎，我就又迅速抓起手机，给李社、麦子打了电话后，又向李静、顾长卫、蒋方舟、杨薇薇和郭芳芳群发了这样一个微信——

重大事件：我们村的李撞如《速求共眠》中写的一样，

为了从他人手中夺回他妻子苗娟的骨灰——这份他们生死爱情的唯一物证，昨天因打架失手，致人重伤（也许死亡），现已被公安正式拘捕并抓走。如今李的生死，重判或轻判，完全取决于伤者在医院中昏迷后的生死。为安抚李撞的儿子李社的情绪与生活，今天中午我在西三环紫竹桥西北角的香格里拉请李社和罗麦子等吃顿饭，凡有善心、爱心者，敬请光顾前来，时间是中午十二点。

然后我在书房无所事事了。

那种莫名的不可言说的激动和兴奋（绝对不是为李撞砍杀的惊讶和悲伤），让我从精神病医生说的沉虑、忧郁症中又进入了激越、亢奋的精神状态里。那时候，我不知道该要做些什么事。可就是想要做些什么事。兴奋、不安，而又带着强烈的无可言传的急切（难道其中没有幸灾乐祸的成分吗？），使我在屋子里转来转去、走走停停，如同自己是一枚时针不准的定时炸弹般。当发现来回不停的脚步和在窗口的注目远眺根本无法抑制我心里那种将要决堤的浪涌时，我从书房出来了。

妻子正在摘韭菜："中午我们吃饺子？"

"不吃！"我对她上扬式地摆摆手，"出事啦……出了大事啦——我回头给你说。"说着我就开门出去了，把不解发怔的她留在家里，像把她的目光夺走使她成了一座无神无韵的泥塑样。

小区里依然如故。保安们走来走去。带着孩子的保姆们，站在七月中旬的艳阳树荫下，让儿童们独自在小区的院里跑来跑去。而小区外的三环路，依然车水马龙，每一辆跑过去的小轿车，车壳上都像拖着一团巨大的火。我依旧沿着人行道朝北走了几十米，依然快速地爬至在天空要两拐两折的过街天桥上，依然看到在天桥上摆摊算命的那个秃顶、邋遢的中年算命人，他见了我也依然夸张、惊讶，带着拯救他人使命的天职大唤道："喂——看你的气色，今天你身上必有大事发生啊！""我等着大事到来早就等烦啦！"这样对他说着从他面前走过去，走了很远还又回头对他补了一句话，"知道吗，我俩是同行。我也是给人算命的，我算得比你还要准！"然后我就看到他僵在我身后，脸上的笑像发酵过的黄色豆腐样。

我朝香格里拉走去了。到这儿，亲爱的读者们，《速求共眠——我与生活的一段非虚构》这部纪实小说就完了。没有什么可写了。再多写一点都有可能是画蛇添足。而唯一需要向你们交代的，就是这天中午我所邀请的人，无论是因为好奇心还是道德心，李静、方舟、顾长卫、郭芳芳和杨薇薇，大家悉数在十二点都到了香格里拉二楼的日本餐厅内。李静是和方舟一块到来的。方舟介绍后，我俩握手时，不知为何总是有一种惶惑感，好像和她很早就已见面熟悉了，也好像她根本不是我所熟悉了解的那个李静样。就那么彼此盯着脸上僵着笑，完全不知该说一句什么话。还是在那间"きくえん"的雅间里。自然点的还是日式餐。可一个中午大家吃的都是沉默、好奇和彼此的对望及没话找话的问与答。因为毕竟是大家第一次和李社、李静、麦子见面儿。第一次共同坐在一张饭桌上。还是麦子和李社第一次吃那种他们认为难吃而且吃不饱的日本餐。所以说，尴尬与好奇，成了那一餐最重要的饭和菜。

到这儿，读者们，请你们允许我再赘述一句话：这一年，如我母亲说的样，李社虽然没有接到高考录取通知书，但他决定留在北京一边打工一边复读了。复读老师果然是李静。到这儿，读者们，请你们再允许我多赘述一句话：半年后，到年底，我们的电影与非虚构中的原型人物李撞被判了十二年，因为对方虽然没有死，可人家最终成了偏瘫了，生活完全不能自理，而终日需要家人照顾着。但令人安慰的是，法院判决李撞妻子苗娟的骨灰依然归李撞，因为骨灰不属于人类的非卖品，法院说它属于生命和爱情，这样李撞和苗娟，无论如何都还是完整而圆满的夫妻和爱情。而李社，也因此拥有更丰富和相对完整的家庭和人生。而我和李静、方舟、杨薇薇及顾导（得罪他了）等，除了偶尔见面也很少再聚在一起了。《速求共眠》的电影剧本荒在那，也无非就是一段记忆中的废纸吧。

在终要结束这部《速求共眠——我与生活的一段非虚构》的写作时，我想起了日本最后一位俳句大师小林一茶来。他出生于1763年，本名不叫一茶而叫弥太郎。传说在他十九岁时，写了他一生的第一首诗：

春来了

弥太郎在一茶的名下

重生

之后他就叫一茶了。一茶两岁时母亲去世，十四岁被继母逐出家门，离开故乡长野县的柏原，前往江户（东京）饥寒流浪，五十二岁回到故乡与二十八岁的阿菊结婚，生得三男一女，却都不幸早夭；六十一岁妻死；六十二岁再婚，不到三个月离婚；六十四岁第三次结婚，但在当年大师自己也凄然离开这个世界时，他给妻子留下一位遗腹女。一茶一生寂寞而又寒凉，只是死后人们才渐渐发现他是俳句之大师，才开始不断提及他和他的那些不朽的俳句之杰作。比如周作人曾经翻译的那首：

我知道这世界

如露水般短暂

然而　然而

比如：

一切已言尽

思过

为时已晚

比如：

活着，别无其他

在樱花花荫之下

便是奇迹

而大师在他生命将尽之时，用他的生命写下他这一生最为精杰的句子是：

生命苦短

欲望无限之长

然而　然而

后记

阎连科：走向谢幕的写作

从来都没有像今天这样感到写作的无意义。

审美就像裸体外的纱罗，在马虎的眼里美成一首诗，而当你定睛细看之后，就只有丑陋而已。

没有意义却还要写作，正如人活着不能不吃饭；而写作，从本质上说，是作家要喂食自己的内心，而不是喂食读者的需要。

若不写作，人就真的死了。

然而写作，也无非是证明你还活着罢了。

活着就是活着。在活着的今天，谈论写作的神圣是多么虚伪与奢侈。

有的人说，我要写一本死后能做枕头的书，那是真心和真话；

而我要说了，那就是一个笑话了。

经常怀疑，我一生的写作，就是一场笑话吧。

若不是到了这个年龄，热了吹风，冷了烤火，或蹲在暖气片的边上抄着袖子发呆，久而久之会觉得无聊、无聊再无聊，我就真的不再写作了。

到了这个年龄，才知道写作在我是选错了职业。明白了，但已经没有再选择的机会了。剩下的，就是握着笔杆年迈、衰老和等死吧。而在还没有衰老前，就是吃饭、走路和让笔杆随身而动着。

见过两次史铁生。第一次是在他家，他笑着对我说：“连科，我以为世界文学的高峰已经过去了。二十世纪的文学就是从抛物线的顶点向下滑。”

第二次是在别人家，我抬他的轮椅上台阶，上去后他拉起我的手，很重很重地握了握：“少写点！”他是笑着说的这个话，可在那笑里，有着很浓的对文学的揶揄和真诚。

对文学，还有什么比他说的“少写点！”更有悟觉和意味深长呢？!

到后来，我经常鹦鹉学舌地说：“世界文学的高峰在十九世纪已经过去了。”可是说着说着，我发现问题了。我不认为世界文学的高峰在十九世纪已经过去，后来的写作，都是抛物线的下行之滑落。

我以为，二十世纪的文学同样也是世界文学之高峰。是一个新高峰。是摆脱了十九世纪文学旧有羁绊的一个再高峰。二者孰高孰低，几无可比，如一个人姓张好还是姓李好，无可论说。

十九世纪伟大的作品无不是直接或间接地去写人的灵魂的。而二十世纪间，多在书写人的灵魂时，更多地关注通向作家各自不同灵魂的路。拿二十世纪文学谈人的灵魂和世界之复杂，它是要输给十九世纪的；可拿十九世纪的文学谈作家那通向灵魂的路——什么叙述结构呀，腔调节奏呀，前流后派呀，创造主义呀，那十九世纪就输了。所以说，我丝毫不怀疑十九世纪文学是世界文学的高峰，但是我还要说，二十世纪的文学又是世界文学的一个新高峰。

扯远了，也说得大了些。

该说说我们自己了——忽然就发现，如果斗胆把我们的写作放在世界文学这个平台上，果然是不比不知道，一比吓一跳：谈论小说中的灵魂，我们压根不能和十九世纪文学比；可是说每个作家那去往灵魂的路，我们又总是忙着拾人牙慧，而少有自己的创造和修路的镐。一想到此，就不免一阵心寒和惆怅——像一个乡下人精心设计、花钱费力，用几十年的时间在乡村盖了一栋足以洋洋自得的楼，可是有一天，他到城里去，才发现那高楼鳞次栉比，大胡同与小巷子，都是他家楼房的模样。而且几乎无论哪一家的哪一栋，都比他家的楼房好。

当代文学可能就是这样。

好在我们中国实在是大，人口也着实多，倘若我们不和中文以外的作品相比较，也是能找出当代作品的千好万好来。

可是怎么能够不去比较呢？哪个当代作家没有读过外国文学，并从中汲取营养呢？像我这种人，老实说，若论中外文学对自己的影响，比例应该为四六开。说西方文学对我们这代作家的影响大于本国文学传统之影响，不知会不会有人骂我们是走狗和汉奸，可情况又确实是这样。

不讲这些扯秧子的话，说现在，说说我自己。

开头说我从来没有像今天这样感到写作无意义，我不是说中国文学无意义，而是说越来越感到我自己的写作无意义。

这个最初的无意义和越来越觉得的无意义，是从前年写作《日熄》开始的。

真的，从来都没有像今天这么觉得文学的无力和无趣。在这儿，绝不是说“文以载道”好，而是说，当小说无趣到人们在茶余饭后都想不起来它的存在时，那是真的没有意义了。

想一想，今天的现实富得像是一个矿，而小说的内容却穷得只有几粒鹅卵石。

想一想，我们处在一个盛产故事的时代里，可我们的故事却只能在离开今天后的回忆中。

想一想，我们正处在现实的巨大漩涡内，可几乎每一个作家都只能站在岸上眼巴巴地望，还生怕浑水湿了自己的脚。

想一想，我们以为我们的写作正在鼎盛期，可在三年五年前，或十年八年前，创作的高峰却已悄然而别，笑眯眯地离我们越来越远了。

狄更斯说:“世界这么大，它不仅能容下我们，也能容下别的人。”套而言之即:“文坛这么大，它容下了别的人，也容下了我们这些人。”之所以我们还在写，是因为别人允许我们写。

我们还似乎很活跃，其实是我们没有关心别人的活跃，才觉得自己很活跃。

年轻的作家早就登台了，而且在舞台中央了，我们不过是左睁一只眼、右闭一只眼地佯装不知或者看不见。不是因为他们写得不好才显得我们好，而是人家关心我们的好，而我们没有关心人家的好。

现在似乎到了一代人谢幕的时候了。

虽然因为旧情的牵扯，我们还在写，但真的别忘了年轻作家已经写得很好很好了。之所以我们没有谢幕和下台，是因为中国太大，文学舞台也足够宽敞，而不是因为我们在某些很少、很短的年月里，果真一部比一部写得好。

尤其我，是真的江郎才尽、才情枯竭了。写作的难，就像超龄女人要生孩子般。

我到了一个写作的焦虑期和挣扎期。

无论焦虑和挣扎的原因是什么，每次提笔都感到有手卡在脖子上，让我呼吸不上来，使笔难以落下去。如一个人沉在水里憋气一样，倘若能够浮出水面换口气，也许还有一段距离可以游，如若换不过来气，那就只有憋死在水下边。

挣扎着。

焦虑着。

不求痛快和畅游，只求能让人换口气。

《速求共眠——我与生活的一段非虚构》就是一次尝试换气、缓气的小呼吸。

倘是生命让我缓气和换气了，那就继续努力写下去。倘是不让缓气和换气，就此搁笔，亦未可知呢。

谁知道？

天知道。

年龄、生命、感受力和支撑力，创造力的衰退和最后一根稻草的脱手，都在警告着一代作家——或者仅仅是我自己——写作的落幕和下台。

真的甘心就此打住吗？

重新启程的事，又哪有那么容易哦。

鲁迅说，孩子一出生，就一天天靠近着死。这么说，一个作家一落笔，他就开始一个字一个字、一部作品一部作品地走向写作的谢幕和下台了。

准备好了要谢幕扔掉的笔，也准备好了再次启程的努力之心。缓口气，换口气，要么重新开始，要么就此谢幕。

在走向谢幕的道路上，多半会碰到一堵走不出去的鬼打墙；可也许，命运足够好，会突然有个新舞台？

谁知道？鬼知道！

反正做好谢幕的准备就是了。

2017 日年 7 月 19 日

于日本伊豆川端康成的脚印上